たまや Tamaya 04. May 2008 第四号＊目次

「たまや」は季村敏夫、瀧克則、間村俊一の三名による
詩歌、俳句、散文、写真等ジャンルを越えて編集される不定期刊行の同人誌である。

用紙
表紙・アラベール ホワイト 菊判Y目一三九kg
写真頁・ヴァンヌーボV スノーホワイト 菊判Y目六二・五kg
本文・GAバガス シュガー 四六判T目一一〇kg

表紙装画
佐々木幹郎

造本・装訂
間村俊一

「Inis Meain」25 Aug., 2002

Tamaya

乙酉稾

加藤郁乎

仇なしに盡してそなた切山椒

雜藝にすぎぬ俳界禮者かな

大川や春立つ其角七部集

辰野隆忌

里雨の忌はシラノドベルジュラックの忌

讀み返す書なく朝より蒸鰈

春あした土地の藝者のちやらつぽこ

仕殘しの仕事や花のあるうちに

淡きものゆるらか淡きゆふさくら

終のこと破禮がまし晝かはづかな

書かでもを書かで藤房垂らしけり

寒ともし消し春ともし筆一本

しば〱目やなぎに見立て小半とき

眉つばの俳論やなぎ引き見ん丹

餅鰹とて通じざれゆく春は

小座敷の忍びに竹の秋深み

竹の秋閒尺に合はぬ句を一首

衣更ふひとすぢ日本人《ひのもとひと》たりき

品者はうたてありけり初袷

取りのこす袷のしつけ日くもりに

素袷に追風用意かよひけり

素の袷寄り添うてみよ痳仁袷

白ちゞみ酒道さておき命久し

矢車や旗の臺地に粹ちよんと

惡態のおぼつかなきは夏やなぎ

感銘を起き〳〵いだき朝螢

はしり梅雨はしりのものが薄化粧

黴る世をかとて衒學えせ詩人

梓月居士に夏草の茂りも深き蚊帳かなの一吟有

草庵の新た夜なさけ茂りけり

入りほがしへボ句が秀句つゆきのこ

降りそびれたるを一酌つゆはれま

でゝむしや二足の草鞋ぴんとこな

夏祭など　と祭は祭かな

箸とめて持つてまはつて鮓を云ふ

後で利く冷しの酒や薄手猪口

蚊弟子にて御座候てゆだち待ち

ぼんじやりと酒しみわたる蝸牛の忌

川筋は涼しく老いの流れけり

心太やらむかたなし酒にする

夕河岸やわれは顔する弟子を持たず

し始めのし納めさしも夏の襟

一筋の生野暮没義道つくり雨

秀句なぞちやんちやらをかし不夜庵忌

秋の暮簀易へ敎へ垂れ給ふ

高山料亭角正主人

十代目飛驒に松茸採れずとよ

連れすてゝ落葉ぞ深くなりにける

目の前を昔に見するしぐれかな　蕪村

去るものにしぐれは昔すがたかな

姫納めその名すたれて圍ひ葱

師走興行歌舞伎座

年惜しむ勘三郎の早替り

池澤一郎氏より漢文小説集三溪本朝虞初新誌を恵まる

年の内これに和漢のいかのぼり

熱燗は熱く寒巖枯木呵ゝ

二〇〇七年水無月の或る夜

——「行き行きてここに行き行く夏野哉（蕪村）」を折り句して。

岡井　隆

ゆめゆめ其《そ》は想はざれども向かうから来る　燕《つばくらめ》　燕石《えんせき》*を抱く？

君を措きては旧友はない筈なのに君の勤めゐしビルを見上げつ

許せその癖、鼻腔から咽喉へ滝落ちてしばし息もつきあへず

切りもなや、偶像はかく崇拝をうけて佇《た》ちたり永遠《とは》のみどりに

敵だつた男が急に崩れたり屍《しかばね》を析《ひら》くメスの重たさ

*燕石は南方熊楠を読め。

こんな風《ふう》なのが好きだつたんだとは言はない尾までオリーブまみれ

こんな人なんかではない　股間にはまだ魚の居て呟く声す

似て非なるパンツが深閑と垂れてゐるクローゼットの昼間の闇に

悠々と暮らせだなんてカスタニエン花咲く街は千里の遠さ

急に来た甘味はあかい木の実より、第三臼歯の臼《うす》に搗《つ》かれて

ゆくりなく隣りの人の　志《こころざし》潔《きよ》きを知りぬ　むらさき割《さ》けて

苦しければ声をあげなよそのまんま吸ひとつて上げる雲雀のやうに

納得がいかない答《こたへ》。小冊子だからと言つて逃避はずるい

角《つの》を摑《つか》まれた一頭の山羊として斜面に脚《あし》をふんばつてゐた

納期はや過ぎたるらしも穀倉は大きく翳《かげ》りわれを待つべし

限られてまたさへぎられつつやがて南の川へ逐ひつめられつ

菜の花の昔、　さわ立つ肉体をかたむけながら女へ入りつ

ぶざまなる死を避くるべく机《き》辺《へん》には薬物も毒物も置かない

村々の鐘それぞれの曲調をかなでてわれの今日を教へつ

運座てふもの行なはれ正雄*あり晶子**もゐたり　遅れてわれも

*太田正雄（木下杢太郎）　**与謝野晶子

変な感じ

中江俊夫

幼時

嘘だとわかっていたけれど
土橋の下でひろった子　と言われ
なにかしくりと　心が痛んだ
冗談だとわかっていたけれど
物売り男から安く買った子　と言われ
なにやらほろっと　両手の力が抜けた

嘘だとわかっていたけれど
山の向うの池のそばで泣いていた子　と言われ
日がな一日　夜がな夜っぴて　遠く泣くものに耳をすませた
冗談だとわかっていたけれど
気のふれた女が置き去りにしていった子　と言われ
季節はずれのひりひりと冷たい風が　身も裂いた

しあわせの記憶

父母は居なかった
わたしは誰から産まれたのだろう
わたしはどの国で生まれたのだろう
どんな家族があったのだろう
わたしはそれらをまるで知らない

この父母は仮りの人
おぼえている土地は別の土地
おぼえている家は別の家
おぼえている国は別の国
そのくせその国がどこにあるやらほとんど知らない

理由もなく年号はすり替えられ
わたしはのちのちにこの土地で生まれたと教えられ
のちのちにこの家庭で育ったと教えられ
いつのまにか今の
この国籍だ

朧にしかおぼえていない

この国ではない国がわたしの国
この土地ではない土地がわたしの土地
この家庭ではない家庭がわたしの家庭
かすかなしあわせの記憶だけがある

あなたは誰

住所不定から　住所不明へ
そうして　住居消失の
あなたは誰

魚たちでさえ　ひそむ所があるのに
木々でさえ　生え育つ場はあるのに
ぼくにはただ今　吐き気　歯ぎしりがあるだけだ

大根菜っ葉でさえ　ごぼうでさえ
雑草でさえ土の場所はあるのに
人の子であるはずのぼくには　身一つの住民票すらない

お前のさだめ

親に捨てられ
妻子にも見捨てられ
親戚一同からそっぽをむかれて
さ迷うのが　お前のさだめ

国にも愛想づかしされ
郷里には馬鹿にされ
隣国からは追い払われ
行き場所がないのが　お前のさだめ

社会全体のつまはじきになり
見かぎった官も民も　居ないと同様の扱い
汚物にだけはまとわりつかれ
下水道を流れるのが　お前のさだめ

陽も照らさぬお前の行方
風も包まぬお前の素性
棺もなく　石のつぶてで
海　陸　山　みんな遠ざかる烏のようなお前のさだめ

変な感じ

誰か　他人の足があると思って
その足首のあたりに
もう一方の自分の足指の先でさわっていた
（これはどうやらぼくのものらしい）

誰か　他人の首があると思って
片手をそのはげた額のあたりにあてると
掌に汚い脂じみたものが付着した
（これはどうやらぼくのものらしい）

誰か　他人の尻に電車の中でのようにぶつかったと思って
隣へ避けたら
避ける自分の臀部が無く　他人の尻が暗い横にあった
（これはどうやらぼくのものらしい）

誰か　他人の心臓がいやに大きく音をたて
鼓動をやめる
許可もなく無礼なと　そいつに向かって怒鳴る
（これはどうやらぼくのものらしい）

仰天者

馬鹿みたいに落葉を掃いている
馬鹿みたいに落葉を掃いていた
馬鹿みたいに落葉を掃いている
馬鹿みたいに落葉を掃いていた

いつも馬鹿みたいに
ただ落葉を掃いている
いつも馬鹿みたいに
ただ落葉を掃いていた

どこでも馬鹿みたいに
ただ落葉を掃いている
どこでも馬鹿みたいに
ただ落葉を掃いていた

落葉が充満している
落葉を掃くのは大仕事だとつぶやく男
いつも馬鹿みたいに落葉を掃いている
どこでも馬鹿みたいに落葉を掃いていた

ただただ馬鹿みたいに落葉を掃いていた
ただただ馬鹿みたいに落葉を掃いている
落葉が散ってくる　落葉が散ってくる
どこからどこまでも　落葉が散ってくる

市場のむすめ

市場がある大通で
人だかりがしている
物珍しさで
ちょっと　のぞいてみる

やけ食いというのだろうか
しかたなく
美人の女の子がバナナを
次々　たいらげている

五　六房どころか
十房に及んでいる
さすがに　十四十五房となると

頬張る速度はにぶる

ところが　二十房を越えたところで
俄然猛スピードだ
三十房まであっという間
結末はどうなるやら

市場がある大通
まずまずの人だかり
果物屋が大声で追加を台板にどんとのせる
行儀良く手を上げた女の子は
（トイレに？）きっとお尻からバナナが出る

こうなったうえは

のほほんとして
万事にこだわらずにいるのも

立ちすくんで
うずくまってしまうのも

しょせん人の体の代表的
ごく自然な所作です

どうえらべるわけもなく
目も耳もおとろえて　今はのほほんとしてわたしは

一身　ふとんと一畳あればよく
あと外界はぜんぶ敵と便利品だらけ

嚙みつく犬が来れば　嚙みつかれ
なぐりかかる男からは　悲鳴をあげて逃げます

車寅次郎の神話

山田洋次監督映画「男はつらいよ」（主演渥美清）シリーズ全四十八作を見終って

相澤啓三

寅さんがさすらいの最後に渡った加計呂麻島は
奄美の死者たちがまどろむ島だった
そこに行っちゃおしまいよの闇の凄む果てではなく
朝凪夕凪の夜でも昼でもないもどろの境いだ
だから試練にひしがれた未熟な神満男は
つねに変らぬ美しい女神リリーさんに導かれて
一足先に試練で成熟した青春の女神泉ちゃんと再会し
笑っちゃいるけど失意が習いで
身を引いた限界状況の独り神寅さんから祝福されて
にぎやかな人の間に甦ることができたのだ

「もうしそこの旦那　なんてお呼びして失礼致しますが
どうやらわたくしとほぼ同じ生まれ年くらいとお見受け申します
先程からしきりに笑ったり唸ったり

かと思えば手放しでホロホロ涙を流す
溜息ついて何やら書きつけて居る
もしやと思って声をおかけ申しました
「ああこれはまあ詩のような　詩歌の詩ですが
誰の暮らしにも必要ないだらしない歌みたいなやつで」
「それじゃ四の五のごちゃごちゃご無礼しました……
そうかい　役に立つ唄ならいっぱい知ってるよ」

……矢切の渡しを　どう遠回りしてか舟で渡り
長いさすらいから唯一無二の言語行為者寅さんは
川が育んだ町へ　村ではなく東京は下町の故郷へ
妹神さくら恋しさに帰還したのが始まりだった
妹に　望む結婚をして息子満男が誕生する喜びを残し
土手の草生に腰をおろし　傾いだ商人宿の窓をあけ
あるときはコスモスゆらぐ谷間に喘ぐ汽車を
あるときは夕映えの入江を滑る釣り船を
あるいはあるいはもうあることだけで嬉しくなる景色を
眺め暮らしそうな場所に　帽子を被ったさすらい人は居る

寅さんは精神のお洒落で　生産と生殖から逸《はぐ》れ

新規蒔き直しの偶然で　堅気の軒先につむじ風を巻き起し
人には心底「幸せになれよ」と願いながら
赤革のトランク下げた他者となる
「思えばお互い差し迫った旅ってわけじゃなし」

＊加計呂麻島をニライカナイ、常世と見なす観念は、谷川健一氏の労作「常世論」に依る。

眠い人

高橋睦郎

眠りながら　眠い眠いという人がある
眠りつづけるけだるさ　心地よさの中で
眠くてたまらない夢を　見ているのだ
眠りのかたわらにいて　見守っているのが
母親か恋人なら　きっとささやくだろう
眠りなさい　あなたの気のすむまでね
眠りたくなくなるまで　眠っていいのよ

その声が　届いているのか　いないのか
眠い眠いと言いつづけて　眠りつづける人よ
きみの寝床　きみの寝部屋　きみの世界が
終わるまで——世界が終わった　そののちも
胎児のように膝を抱いて　虚空を落ちながら
誰に　何の遠慮もなく　眠りつづけていい
眠い眠いと　譫言《うわごと》をいいつづけていい
眠りながら　さらにさらに眠いあなたよ

飛沫論

佐々木幹郎

瀧の音がするのだが、まだ見えない。垂直に立ち上がる山道を両手で岩をつかみながら登る。下を見ると大麻の穂が一面にひろがり紫色に揺れている。吹き降りてくる風のなかに水の匂いはない。この崖を登りきると、ほんとうに瀧があるのか。

落差四百メートル。手元の古い案内書には英文でそう書いてあるのだが、誰がいつ測ったのか。四百メートルは絶対ないね、と後から登ってきた男が言う。あると思うよ、そのくらいは。わたしは獣のようにうずくまったまま反論した。唸り声をあげる以外にないのだ。瀧は大きな虹を何本も空中に浮かばせて落下し続けている。美しいのか、それは。言葉がふるえている。虹は消え、再び現われ、瀧が流れ落ちるその向こうに、灰色の岩に囲まれたエメラルド色の湖があった。

いいや、二百メートルだと彼は確信ありげに言う。瀧壺から吹き上げてくる水しぶき。わたしたちは濡れながら瀧を見続ける。何を拒絶し続けるのか、この壮大なものは。太い瀧だ。落ちているのは水ではない。白い気体だ。崖に坐り込み、落差はやっぱり四百メートルあるねと言い返す。彼と違う意見に固執することが、この瀧に出会った意味なのだと思い始める。二時間も山を登ったのだ。瀧壺は山の下の、もっと下をえぐっている。瀧壺を見ようとするのだが、身体がふるえて見ることができない。落ちている水は雲のなかに吸い込まれているらしい。

雨です。雨が降ってきた。遅れて登ってきた三人目の男の声がする。雨なんかじゃない。瀧壺から上がってくる水しぶきだよ。また反論しようとして、ふと空を見上げると、宝石のように一滴、水が落ちてきた。風に揺られて、一滴、また一滴。青黒い空に輝いた。それで止んだ。雨はここ一年降ったことのない土地だ。

坐っている草むらが微かに振動している。瀧のせいだ。そんなはずはないのだが、瀧はゆっくりとわれわれのいる地点から遠ざかっているらしい。

波濤
それだけが真実だった
(真実? そのもつれ合う夢の重さよ)

落ちる前に凍りつく
（浮かび上がろうとして）
砕ける前に一瞬とまる
（ゆるやかに垂れる手があり）
白く怒り　それから

笑いながら何かに覆いかぶさりたかったのだが
ついにかなわず
両手をふり上げて
裂けてみたのだ
（――幼き死者たちよ）
草のようになびく魚たちよ
その鰭よ

新規の移動

建畠　哲

敷地の縁を越え
声の届かぬところへと
男女の見分けのつかぬところへと
身を屈めて移動する

黒ずんだ桜の古木のあたりまできて
ようやく腰を伸ばし
ズボンやスカートの裾についた枯草を払い
遠目にはシルエットに過ぎぬ男女として
低い声を交わす
いかにもこれは新規の移動なのであった

〝黒ずむ桜〟には妙な風が吹いていた
傍らの枯れた草や灰色の石垣にも、だ
敷地とは？　と私は考える
私が後にした敷地とは、何であるのか？

所有者は妙な女で
横板壁の館の広く暗い居間にいて
痩せた長い腕をひらひらさせ
今も冷たく笑いながら風を配分しているということか

私はこっそりと敷地を出てきたが
ここまで移動しても、なお吹いている妙な風は
敷地の女のジェラシーというものか
執事のようにつつましい彼女の伴侶は〝コキュ〟であり
ありていにいえば私は〝間男〟であった、ということか
どちらにしてもサイレント映画の筋書きのようなものだが
新規の移動をする私とスカートの娘に
今なお敷地からのジェラシーの風は配分されているのだ

ああ、獅子の脚の椅子の背後で、飴色のランプシェードの陰で
いつも穏やかに微笑んでいた執事のようなコキュよ
敷地の女との静かな死語の関係をあなたは愛し
私もそのサイレントの時代の一方の役割を演じようとしてきたのだ

桜の古木も遠目には黒いシルエットに過ぎないのか
新規の移動を共にする娘はジェラシーが生んだ幻影ということか
優しいコキュはその幻影にも笑みを浮かべたのか

この風は死語の世界からの風であるということか

その先の話があるわけではない
私は背後から撃たれることもなく、池にうつぶせで浮かぶこともなかった
女は窓辺には立たず、ただ獅子の脚の椅子で腕をひらひらさせるだけであった
その風で娘の幻影が揺れて消えることもなかった
新規の移動はいかにも死語の風の配分を受けていたのだ

窓辺には立つことのない女
その傍らで静かにほほ笑んでいる執事のような夫
薄暗がりに浮かぶアメシストの輪
使われたことのない淡紫の縄
二羽の鳥の灰色の剝製
ああ、ジェラシーの幻影とともに私が後にした広く暗い居間

私は幻影の娘と低い声を交わした
「ノスタルジア」
「未完の時」
それは新規の移動であった
黒ずんだ古木には妙な風が吹いていた
いかにもそれは死語の風の配分を受けた新規の移動であったのだ

イチローにささぐる頌歌《オード》

水原紫苑

百年をさかのぼる船イチローを水夫《マリナー》とよぶこの世羞《やさ》しも

ベースボールの原点に立つはげしさを支ふるスパイクとなりたきものを

シアトルと神戸を結ぶ黄金の鎖イチロー、女神の胸に

球体に憑かれたるひとみづからは無限の接線のうつしみを生く

見えざらむさくらはなびら浴びて打つイチローさあれ水仙の精

能ならば邯鄲男かイチローにふさふ面《おもて》に蝶とまりゐる

古代戦士の血にまみれたる兜をば宝となしけるイチローの不死

ジョージ・シスラー霊魂きよく目覚めたりくるほしきタイ・カッブひたに叫《おら》ぶも

永遠にマリリンと共に思ひいづるディマジオの記録、薔薇と散らせよ

一瞬の静寂ののち返されしホームランボールよあはれ知るヤンキースタジアム

湖のほとりに棲めば水の気を込めたる打球の内野安打か

イチローに帽子取りたるバーリーの荒魂《あらたま》見するマウンドの傾斜

グリフィーとイチロー抱擁せしつかのま男性存在の儚《はかな》さ匂ふ

韓国戦に敗れしのちに水色の時計買ひしか星の時間の

ホームベースゆはつか離《さか》りてたましひはまことのホームに近づけるはや

十字架の象《かたち》のバット夢に見つイチロー四割超ゆるを信ず

天国への階段のごとくフェンス登るイチロー無神論者のひとみ

マグダラのマリアに逢はばその足にくちづけたまへ背番号51

レーザービームに洗濯物がいつぱい掛かるとルー・ピネラ言へり畏れたりけむ

金髪のブレット・ブーンとおにぎりをわかち合ひにき神いますアリゾナ

朝な朝なカレーライスの自由なる囚はれの日々紺青にして

姉にして妹なりと妻を言ふ神々のごとく樹木のごとく

弓子とふ妻の名、九郎判官の弓流しおもほゆいのち賭くる弓

タロウはシアトルの一弓の父なり

イチローとその犬タロウいつくしきをのこの名まへ月と日のごと

東海に生まれ育てるイチローに日輪は夜《よる》も愛注ぎたり

ちちははヨセフとマリアにあらざればつるぎのごとき子にいだかれつ

震災をグラウンド・ゼロを視《み》しまなこなり動体視力の魔界に入れり

金銀の晩秋来たり鋼《はがね》なる裸身は絶えず告白なすを

西行・定家・世阿弥のいづれにも近きイチロー生ける青のポルシェを駆りつ

不思議なりすべての女君に似て光源氏に遠きイチロー

ドミートリイをわれは愛すもイワンならめアリョーシャにては在らずイチロー

グールドのこゑ止む時しイチローのわらひきこゆるバッハ・小川よ

レオナルドゑがかむイチローをうつうつと想ひつつ老ゆる銀河系宇宙

深山

小澤 實

鬱快として筍やよこたはる
筍は鬱屈の塊両断す
ふもとに火つくる雪形祭かな
雪形の馬駆け来たり前肢あげ
常念坊太り気味なる日なりけり
葱坊主常念坊の消ゆるころ

こしあぶら若芽茹でたり深山の香

こしあぶら酢味噌の金《くがね》掛けにけり

たらの芽泥棒両の手に提げ金ばけつ

白牡丹花弁ヒクッとうごきたる

熟麦に酔うたり鳥発ちにけり

郭公の叩叩鳴《こうこうなき》も庭の内

米搗虫指に許さず叩頭すも

葉桜や肌透きとほり転校生

深山なり雨雲に触れ朴の花

にれかめる牛の寄り目や朴のころ

南風《はえ》の欅とはるかなる南風の欅と

屋敷森欅五本や南風

薫風や空電線におほはるる

立ち読みの男うごかず麦の秋

書店主と立ち読み人と蠅叩

踏み入りて書店まぶしよ夕薄暑

はへとりぐも平積台の書をわたる

羽抜鶏入り来書店の三和土まで

夏空や本一冊も置かぬ家

かはら草なびき流れや梅雨晴間

靴脱いで光る靴中梅雨深し

とかげ酒の蜥蜴めつむる壜に歪み

ごきぶりひげ振るモーツァルトピアノコンチェルト

あぢさゐや食堂の窓鏡なす

あぢさゐにしやがみて斜視の男かな

右耳にはさみ煙草や水葵

噴水や頭かかへて男座す

泉の力わが掌入るるを拒むまで

押し入れてペットボトルや泉に汲む

日の金貨ちらばり沈む泉かな

三上良一さん

安房の酒酌み春惜しむ人惜しむ

まくなぎや坂の底なる墓溜

雲の峰資源回収車に壜割る

立葵咲きのぼりきり終の花

ゆゑもなく尾を振る犬や桜の実

雲の峰岡井隆のこゑ甘し

有明山の頂梅雨雲に突込む

山脈へ光の柱蝸牛

雨に出て蝸牛《ででむし》の肉龍太無し

桶に貼り付く蝸牛はづすパカッと鳴る

川端康成旧蔵金銅三鈷杵

三鈷杵をもてさみだれを払ふべし

一壺に薔薇満つるやもはや挿せぬまで

肉抜きぬオマール海老のはさみより

わが頬に卓の脚あり暑気当り

森屋敷

時里二郎

図書室

大学に附設した博物館が、大学の移転にともなって閉鎖されることになった。博物館といっても、廃止の決まった農学部の資料館のようなもので、主に養蚕関係の資料の収集で知られていた。ここには附属の図書室があって、ちょっとした調べごとがあるときにはしばしば出入りしていた。

養蚕のジオラマや展示標本のある同じ館内にありながら、そこはいつもいい匂いがした。防腐剤や薬品の匂いとは無縁で、殊更に鼻を利かせても、そこに収められた相当な量の古い蔵書の黴びた匂いすらも届いてこない。そこには何か特別な嗅覚の層を呼び覚ますものが潜んでいるように思われた。何かの気配、それも生き物の立てる気配ではなく、空間そのものが意識や情感を読み取って反応する細胞組織であるかのような気配。その細胞の活動がうながす匂いとでも言えばいいだろうか。それがぼくを誘う。

図書室の窓際の席に腰をおろして、古書を幾冊か閲覧机に重ね、ガラス窓ごしに空をながめていると、ここが、本を読んだり、資料を閲覧するためではなく、その匂いを嗅ぐために、あるいは、その匂いを利用して、何かほかの目的のために使われた部屋ではないかという思いがゆっくりと沁みていく。そのひとときのたゆたうような時間の、蜜のようなあまやかな、しかし、どこか空疎でおぼつかない感覚を、あの匂いが過不足なくくるんでくれるのだ。

ぼくばかりではない。この図書室にやってくる人たちは、本を読んだり、資料を調べに来るというのは口実で、何かしら、例えば、自分の病の療養のために、この図書室にやってきて、その匂いを鼻孔にゆっくりと吸い込んでいるのではないか。そんな空想に耽りながら、ちらと前の席の若い男の後ろ姿に目をやると、男は居眠りをしているのか、わずかに身体を椅子からずらして頭を傾げている。大きく切り取られた窓からそそがれるたっぷりとした陽光にもそのいい匂いが沁みて、まるで若い男の不自然な姿勢が、その匂いを嗅ぐために工夫されたポーズにすら見えてくるのだった。

森屋敷

博物館の資料や実験用機材が出入り業者によって処分された後のがらくたを見に来ないかと、旧知の学芸員に誘われて持ち帰った物がある。甲虫類を容れるインロー式の携帯用標本箱と、蓋のない硝子の標本瓶を一本。瓶の方には、アルミ製のバットにクヌギやクルミなどの木の実の乾燥標本が無造作に盛ってあったのを、そこからトチの実の幾つかを詰めて帰った。

標本箱には《森屋敷》という黄ばんだ小さなラベルが貼ってあった。きちんとしたドイツ箱に分類して入れる前に、とりあえず採集した虫を展足して容れ

圖書室

《森屋敷》はわたしたちの治療施設である。文字通り、辺り一帯は広大な落葉広葉樹の森で覆われている。実際の治療は《圖書室》で行われる。治療室が《圖書室》であるのには理由がある。わたしたちが言語機能を特化して生み出されたヒトの人工種だからである。わたしは詩人だが、他にも小説家、言語学の学究、国語の教師、古文書解読スタッフなど、様々な分野に及ぶ。文字について組み込まれた情報は、文字の形象にまつわるデリケートな心理領域まで及ぶことは言うまでもない。「圖書室」などというわざとらしい旧字表記で、治療室を表すのも、そもそもわたしたちの出自にまつわるところからきているのだ。

《圖書室》の蔵書は、ヒト社会の前世紀の地方中核都市の任意の図書館の蔵書をそっくりそのままコピーしている。つまり、わたしたちのような人工種が開発されていないころのヒト社会の文字情報のゲージから抽出されたサンプルが収められているわけである。

ブナ材を接いだ広い共用のテーブルが窓際にあって、手前に患者用の椅子が並んでいる。椅子には透明なフードが格納されていて、治療時にすっぽりと患者の頭部を包む。フードには、治療用の様々な器機の端末が組み込まれ、それらは醫務官の詰める制御室と繋がっている。その透明なフードを除けば、これも前世紀のどこかの小さな図書室のラウンジによくある仕様である。

てくためのものだろうか。中に標本は入っていず、ナフタリンの小片がむき出しのまま敷かれていた。その匂いが強く鼻をついた拍子に、《森屋敷》という言葉に導かれて、何か思い出すものが、まだ影像をともなわないかたまりのまま溢れてきた。

少年の頃よく読んでいたある漫画家の作品の中に《森屋敷》という建物が出てくる。それは《機関》と呼ばれる謎の組織が生み出した、ヒトと限りなく近い人工の種が、何らかの不具合を生じたのを恢復させるための施設の名である。《森屋敷》に勤めるハンスという若い医務官が主人公で、ヒトとほとんど変わらぬがゆえにヒトとの差異に悩む人工種のヒトを治療しながら、自らも成長していくという、いわば教養小説風の地味な物語だった。おそらくハンスというのは、マンの「魔の山」の主人公ハンス・カストルプから採られたものだろう。してみれば《森屋敷》はさながらダヴォスの「サナトリウム」と言うことになる。無論、この漫画を読んでいたころは「魔の山」など知らなかったが、《森屋敷》の醸す雰囲気は、ちょうど下界から断たれた負の領域のもつ、陰鬱ではあるが、秘密めいた迷路を探るような誘惑そのものだった。

そのころ、漫画の中の《森屋敷》とは別に、もう一つの《森屋敷》をぼくは知っていた。少年期のぼくにとってかけがえのない思い出がいっぱい溢れていた祖母の家のあたり一帯の広大な雑木林に、《森屋敷》という、林を管理するための屋敷があった。管理のための建物だが、十数人は宿泊できるほど広く、繁忙期には常時人が詰めていた。学校の長期休暇には必ず祖母の家で過ごして

「不具合」

わたしがある器官に齟齬をきたして、《森屋敷》に送られてきたとき、若い醫務官に症状を告げると、彼は、「だれもが通過する不具合ですから」と言った。「不具合」という無造作なことばにわたしは引っかかった。

わたしの「不具合」は、声の変調に端を発した過度なストレスが原因らしい。それは最初、自作の詩の朗読の時に起きたのだが、自分の意識している声がオクターブずれて発声されたり、声が途中で裏返ったりする不安定な状態が、それ以後も日常的に続いた。

若い醫務官によれば、この症状は、わたしに幼年期や少年期が存在しないことが原因であるらしい。治療法も確立しており、患者に幼少年期の記憶を新たに組み込めば、容易に治癒するハシカみたいなものだというのである。ただし、こういう症状があらわれる人工種のヒトは稀なのだがと付け加えた。「おそらく、あなたを作るときに使用した遺伝子のサンプルにちょっとした『問題』があったからでしょう。」

「ヒトには変声期というのがあることはご存じでしょう。あれが、あなたがたにはない。この『声変わり』という、子供時代との訣別を意味する通過儀礼をとおして、ヒトは幼少年期を、記憶の層にうずめることに合意するのです。」ところが、わたしたちには幼年期がない。少年期もない。失うべきものがないのだ。

「あなたの声が時折裏返るのは、あなたに組み込まれた問題のある遺伝子が、存在しないあなたの幼少年期を探しているからなのです。」

いたので、《森屋敷》も、森遊びの拠点として、虫採りの時にはよく利用した。当然、漫画の《森屋敷》が、この雑木林のどこかにあるに違いないという空想にぼくはとらわれていた。(その漫画家の故郷が、そこからそう遠くない町だったことを後で知ることになるのだが)とにかく広大な雑木林群で、往時は都市部への薪炭の重要な供給地であり、その森の管理の徹底さは、今思えば見事なまでにシステム化されていた。それはこのような立派な管理屋敷がいくつもあったことからも知れる。

しかし、今は見事なくらい何も残っていない。高速道路のインターチェンジと都市部のベッドタウンに変貌してしまった。思い当たったのは、その広大な雑木林が巨大開発構想の用地として計画された際に、件の大学の農学部が、行政の依頼をうけて大規模な生物調査を行ったということだった。

ぼくが祖母の家に行って頻繁に森に分け入っていた頃と、大学の農学部が雑木林の調査を行っていたであろう時期が一致することに気づいたとき、廃棄物の大量の木の実が、その時の採集品に違いないと合点した。この《森屋敷》のラベルを貼った標本箱の持ち主も別の《森屋敷》を拠点に林を巡っていたとしても不思議ではない。

木の実の一つ一つが、そんな少年の頃の森の気配をその中に保存しているのだと思うと、たまらなく懐かしかったが、その浮ついた懐かしさを冷ややかに押しやって、ただの干涸らびた実に変えてしまうものが、それらの乾燥標本の中にまじっていた。それはトチの実の標本だった。そのずんぐりと無骨な異界の眼のような実の色とかたちが気にかかったのである。その実を手にした時、ひやりとする手触りが、ある影像を呼び覚ましたのだった。

治療

したがって、わたしの治療は、その問題の遺伝子が探している、幼少年期の記憶を組み込むために、《圖書室》にある資料の中から、それに相応しい記憶を探すという、思えば気の遠くなる作業を意味していた。そこでわたしは幼年期や少年期にかかわる任意の本を自分で探して読むことを勧められた。

ところが、光は十分すぎるほど満たされているのに、読書の処理能力が、この部屋ではうまく働かないのだ。問題は椅子に仕掛けられたフードにあるらしかった。透明なこのフードにすっぽり包まれると、光は遮られることはないが、いい匂いに、それも微量に、数値的な計量はおそらく検知できないほど微かに感知される匂いに包まれる。若い醫務官によると、わたしが《保育器》の中で製造されるときに満たされていた個体識別のためのある特殊な匂いだという。その匂いは、ちょうど緩慢な麻酔作用のように、文字の解読というような知覚作用を鈍らせるかわりに、ふだんは意識の底に潜んでいる無意識界を呼び覚まし、それを引き留めておくことができるというのである。

《圖書室》で透明なフードをかけられ、緩慢な匂いの麻酔作用による知覚の鈍い処理速度で、多くの小説や伝記の類を読んだ。《醫務室》では、フードの端末に仕掛けられた器機を通して、わたしの読書が克明に記録され、わたしの琴線に触れるものの分析や記憶の整合性を調整するための作業が行われた。それを基に、若い醫務官はわたしの幼少年期のチッ

トチの実

　あれは五年生の頃だろうか。幼年期からの喘息が最も悪化していた頃で、二学期が始まってまもなく激しい発作に襲われた。その発作が、もともと好きではない学校に戻ることを厭う身体の訴えなのは自分でもよくわかっていた。親もうすうすはそのことを知っていたらしく、主治医の先生と相談して、祖母の家で転地療養させるという決断は思いのほか早かった。

　祖母の家に住まう効果はすぐにあらわれた。うそのように発作はおさまり、しばらくは、おとなしく祖母の家で図鑑をながめる日々が続いたが、ようよう雑木林の緑が急激に力を失っていくのが目に見える頃には、もう家を抜け出して森を歩いていた。

　雑木林は、なだらかな丘陵を上るように続いて、やがて山地の自然林にかわる。その境界は、急に森の雰囲気が一変するのではっきりとわかるのだが、谷筋の山から流れ込む渓流が丘陵地にさしかかるあたりの境界地域は、ひときわ陰影の濃い空間を作っていた。豊かな保水のせいか、巨木が数本、なかでもトチ、カツラの巨木は目を引いた。村の人びともこの空間は、草刈りを怠らず、小さな祠を祀っていた。決して夏でも陰鬱にならず、林縁を抜けてひらけた広場にゆったりとトチやカツラが思い思いの樹影をひろげている。とりわけ、カツラは、すでに主幹は朽ちて空洞になっており、主幹を取り囲むように無数のひこばえが力強く育って、大きな花火を打ち上げたように枝を広げている。そ

プを組み込む。もちろん、巧妙に記憶に穴をあけて。そうやって多孔質の幼少年期の記憶を組み込めばわたしは復帰できるはずだというわけである。

森歩き

　時折、《森屋敷》を抜け出して、森をぶらりと歩くことがあった。不思議なのは、よく歩いた森の中でのことがほんとうにあったことなのか、それとも偽物の記憶なのかよく思い出せないことだ。《圖書室》から借りて持ち出した図鑑を見ながら、木や虫の名前を確かめては、その名とその属性を記した箇所を、声が裏返らないように小さな声で告げるのは心楽しい機能回復訓練になったが、そこから先のことがどうも曖昧なのだ。《圖書室》でのあの朦朧とした読書の時間と、森を歩いて過ごす時間とが、いつのまにかどこかで混じり合っているような錯覚に陥ることがしばしばあった。なぜなら、図鑑をたよりに珍しい森の木の実や、空を覆うような大きな木の名を確かめてはその名を口にし、その実を手に載せて指につまんでみせ、大きな木の膚に掌をあて、その深く濃い樹影に身を包んでうずくまっていると、あのいい匂いがわたしの存在を包み込んでいるのがわかるからなのだ。それらの森の中での記憶が、わたしのものなのか、わたしの読んでいる本のなかのだれかのものなのかがわからなくなってくるのだった。

の空洞になった所に人が数人はいることができた。巨木に似合わず小振りの円い葉をちらちらと風にゆだねて、時に樹全体が、合唱するように葉群を響かせる。

元気を恢復してどうしてもやってみたいことが一つあった。それはカツラの巨木のぽっかりと空いた空洞の中に入ってみたいということだった。夏休みの頃は、祖母の村の子供たちが毎日のように占領していたので、ぼくが近寄ることなどできないでいたが、今は学校があるので村の子供たちの姿はない。カツラの樹の中に入って、何をするわけでもない。ただ樹の中に入って、じっとうずくまっていたかった。

ところが、その日、カツラの樹に近づいて、朽ちた主幹の空洞に入ろうとしたとき、ぼくはすでにそこに人が入っていることに気がついた。それが、夏によく見かけた若い男だったことはすぐわかった。というのも、いつも採集具とともにぼくが愛読していたのと同じ図鑑を持ち歩いていて、他の採集者が血眼になって採集ポイントを足早に巡るのとは様子が違っていたので、すぐに彼の存在は区別できたというわけである。

その若い男は眠っているようだった。膝を抱えるように座っていたのだろうけれど、主幹の残骸に身体を斜めにゆだねて、首を傾げたかっこうになっている。

掌からこぼれたものだろうか、かたわらに幾つかの同じ木の実が転がっている。どうしてそんなに男をじっと観察していられたのだろうかと後になっていぶかしく思い返すほどに、じっと男に見入っていた。

もう一つ告白しなければならないことがある。空洞の中で男を見たとき、ぼくは確かに驚いた。しかし、その驚きは、男が既にそこにいたからではない。そこにいるのが、ほかでもないこのぼく自身だったからだ。未来のぼくだったというような冷静な知覚ではない。まぎれもなく今を呼吸しているぼくがそこにいるという感覚だった。

しかし、その興奮は、ひやりとした眼差しに見つめられているような違和感を覚えて、すぐに冷めてしまった。木の実だった。彼の掌からこぼれ落ちた木の実は、意識を持った生き物のように、それこそ目そのものとなってぼくを見つめていた。いずれ、それらの木の実が、弾けるように口々に、彼に向かって「目を覚ませ、起きろ」と叫び出して男を起こすとでも思ったのだろうか、ぼくはそれらの木の実を拾ってポケットに押し込んだ。ぼくがカツラの空洞でしてみたかった姿勢のままに眠るぼく自身をそのままにしておきたかったのかもしれない。

祖母の家に帰って図鑑で確かめるまで、その大木がカツラの木であることも、見たこともない目の玉のような異生物の実がトチの実であることもぼくは知らなかった。そして、それよりももっと迂闊なことに、あの若い男が、治療を受けるために《森屋敷》に送られた人工種のヒトだったかも知れないという蠱惑的な思いつきが生まれたのは、もう祖母の家を離れ、再び学校という下界のヒト社会に復帰してからだった。それからは喘息に悩まされることもなく、小学校を上がるころには、人並みに変声期を迎えて、喉には、異様に大きな喉ぼとけすら作った。その奇妙な喉の突起物の正体は、カツラの空洞で若い男から盗んできたトチの実に違いないとしばらくは本気でそう思い込んでいた。

一会

ICHIE

鬼海弘雄

猫にレースの服を着せる男　1991
A man who dresses his cat in lace, 1991

ひとり歌謡曲を暗唱していた男　1986
A man singing popular songs by himself from memory, 1986

「入れ歯まで冷たい日だ」という老人…1986
An old man telling that today the cold has even reached his dentures, 1986

思い出し笑いをしていた男　1994
A man smiling at something he'd just remembered, 1994

四個の時計をつけた男　1987
A man wearing four watches, 1987

何台かのカメラを持っていると自慢する旋盤工　1987
A lathe operator who boasted that he had innumerable cameras, 1987

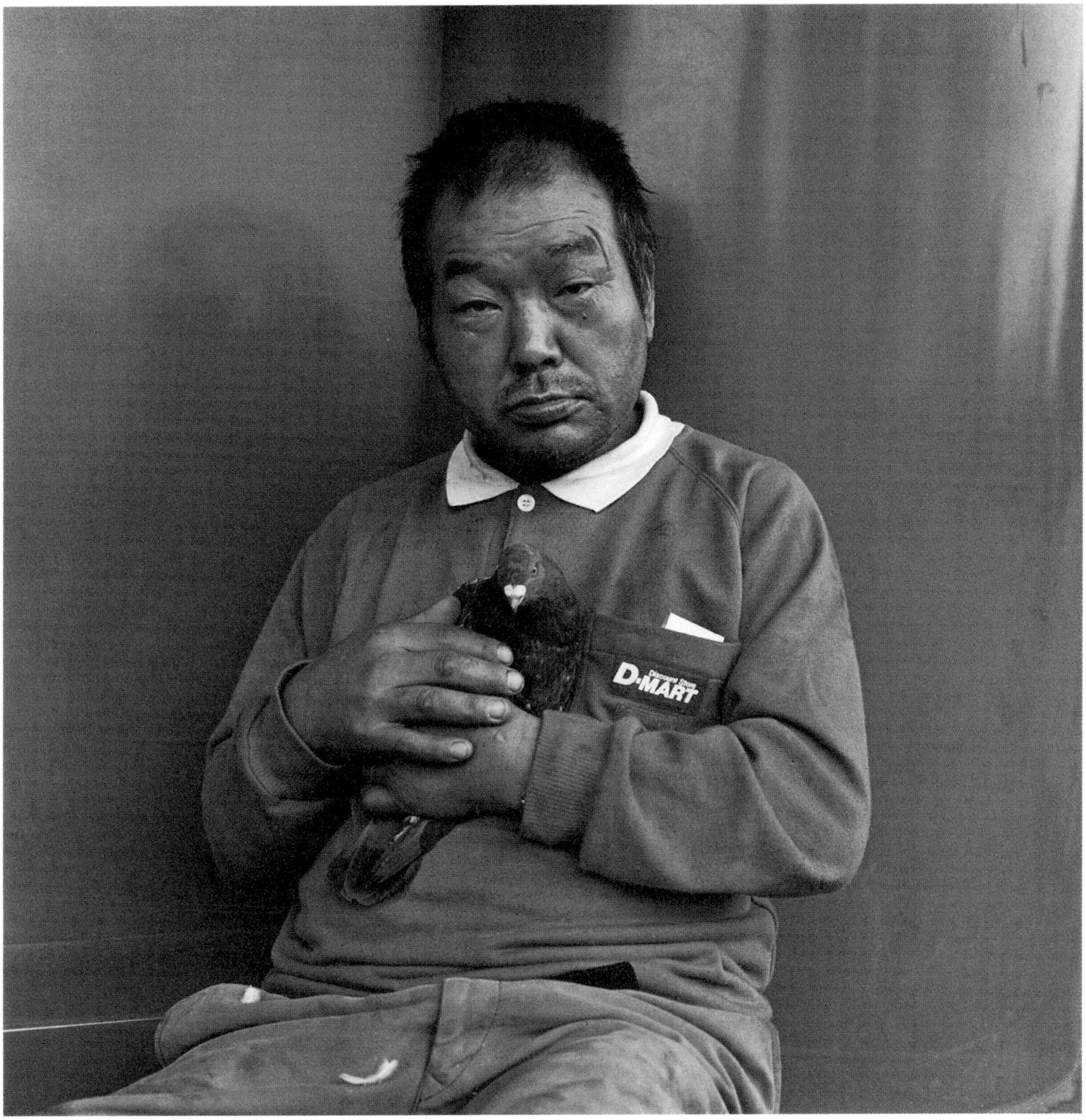

帰りの電車賃がないという男　1991
A man who didn't have the money to buy a train ticket, 1991

明け方、久しぶりに夢を見たという男　1993
A man who'd had a dream at daybreak, for the first time in ages, 1993

江差まで　九篇

安水稔和

今泊

休んでいると
男が入ってきて
のまの莚に荷を投げ降し。
あな　あつあつ
あご別れして帰るところである。

アッシの片肌脱ぎ
しりうたげ
投げ足でしばしの酒話。
今年の鯡の群来《くき》ざるは
ももとせの老爺《おんこ》さえしらず。

酒代置いて
あぐらから共に立ち上り

連れだって行く路しばし。
綱舟引いて
川渡る。

*あご別れ=網子別れ。「漁期あけの酒宴。漁仲間が解散するときのさかもり」（『菅江真澄全集』第二巻「えみしのさへき」註）。
*しりうたげ=腰をおとすこと、腰かけること。「やの爺、やせはぎ、さしのばして灸しけるが、橇にしりうたげして、うちゑみて云、此ふり、さこそあやしとや見給ふならめ」（『菅江真澄全集』第一巻「外が浜風」）。
*あぐら=あ（足）くら（座）。胡床、床机、腰掛け。

津鼻

夏草荒《あば》れたる宿
鮴の子のあわせにさんぺ
箸を左手に持ち
このあたりなべて左箸。

*あわせ=合せ。おかず。副食物。
*さんぺ=三平、三平汁。「サンペ汁、あるはマクリ汁。カボシ汁とて、しな〴〵の魚汁をつねに、もはらものせり」（「えみしのさへき」）。

津鼻

女あるじ
なにをかもてなさん
うばいろまいれと
むしやいてすすめる。

＊うばいろ＝オオウバユリ。「かのトレツフの根」（「えみしのさへき」）。

津鼻

若者二人
背負い帰る草々は
くぐ　えぞわら
さかべ　いわすげ　たつのひげ。

＊草々＝「みな縄になひてつかふ」。たつのひげ＝「蓑ともせりけるものとか」。いわすげ＝「『あさは野に立つみわ小菅』と聞え、はた『数ならぬ三室の山の』と、いにしへ人のながめられしも、この岩菅にやあらんかし」（「えみしのさへき」）。くぐ＝磚子苗、莎草。カヤツリグサ科の多年草。

津鼻

夜降《くだ》ち
人さだまる頃
不如飯の二声三声。
なお聞かまく
枕そばだて
夜はしらみたり。

*不如飯=不如帰、ほととぎす。すは鳥の意。しでのたおさ、たまむかえどりとも言う。

五林沢

水無月の
朔
歯がための氷餅
のなにしほでぐさのあわせ。

*五林沢=五倫沢、五厘沢。「五林てふ文字にてと、ものかくわらはべのいらへたり」(「えみしのさへき」)。
*歯がための氷餅=「はがためは、一般には、歯の根を固めて健康を増進させることを祈って大根や餅などを食べる元旦の儀式である。東北地方では、正月の餅を外気にあてて凍らせながら乾燥させて氷餅を作り、ハガタメといって、それを六月一日あるいは夏至の日に食べる」(「えみしのさへき」註)。
*のな=アイヌ語でナマコのこと。しほでぐさ=シホデ、牛尾菜。ユリ科の蔓性多年草。葉は卵形、若葉は食用。

五林沢

湯げた出て
山路ゆくゆく
雪のケニウチ
なからは雲に。

空くもり
梢の蛙
おやみのう
雨を呼ぶ。

＊湯げた＝湯桁。五林沢には妻の湯という出で湯があった。

厚沢部《アサシブ》

川辺に出る
村々いと多し。

檜の皮を綱により

岸から岸へ引き渡し
にきょうを輪にし鎖に連ね
重木をつけて繋いで並べ
浮き板の上をしとしとと
馬も人も踏み渡る。

秋には川も狭《せ》に
鮭ののぼり来るとか。

*にきょう＝サルナシ、猿梨。マタタビ科の蔓性落葉低木。

江差まで

馬蜘野。
萱草から水鶏《くいな》飛び出し
草の戸を叩くかに鳴く。

泊。
村はずれより
雨。

オコナイの浜
ふたつ石。
浜路あまづつみして。

くらぐらに江差。
やや晴れて
また降りに降る。

Agendars

管 啓次郎

I

この部屋を私の工房とするときが来た
制作するのは水のない果実
輪郭は星座のごとく破線によって与えられ
なだらかな斜面となって海に落ちるだろう
その自由な調律、重なりあう爪跡
遠ざかる塔の陰に飛ぶ三羽の軽い鳥
この世でいくつの帝国が衰亡をくりかえそうと
ひとつだけ望みの共和国があればきみにはそれでいい
それは雪をサトウカエデの本質として見抜く土地だ
私の工房には辞書はなく
代わりにあらゆる釘と紙やすりが備えられた
ここでは典雅な鉛が蜜蜂のように乱舞し
文字は憮然として蒸散する
溶けてゆく緯度の再解釈

この部屋の中央にはブナの円卓を用意して
すべての正午に六人の死者たちを招待するだろう

II

「詩とはそれだってやはり一個の小説 roman だ」と
若いころ最初についた師（詩人）はいった
やがて出会った別の先生（批評家）に
「詩に物語があってはいけない」と教えられた
詩とはイメージの建築術
syntax の細心な培養実験なのだからと
理解はしてもどちらも選ぶことができないまま
私はヤブイヌを追って草原を歩いたり
石畳の斜面に転んで足首を折ったりした
心はいつも藪火事のようにしずかに発火していた
たとえば「光が踊るよ」と書いても
その光源を数えるかどうかで光の複数性が決まる
すべて光が太陽の転身であるとみなすならば
地上の光を単数とするのもまた正確な判断
それから光の効果を少しでも描きはじめたとき

物語を逃れる術はもう私にはなかった

III

「土星の輪が頭をめぐる」とパウルはいうが
それがどんなことなのかわからない
おれの二つの眼球は二つの地球で
それぞれが水半球をもっている
それぞれで海底火山が爆発し
大規模な対流が大洋をかき乱す
それぞれで火山島が隆起し
珊瑚礁が人知れず陥没をつづける
日没が一日に一度は見られる
それぞれに夜と昼がめまぐるしく訪れ
脳波という脳波は津波になる
Allons voir l'archipel, chica!
おれはおれの眼球にこれからどうやって
経線と緯線を引いてゆけばいいのか
どんなゆがんだ二つの赤道がそこに期待できるのか
おれの眼球のために、パウル、小型の円環を貸してくれないか

IV

一個の雲がしずかに夜を通過する
野原では獣が純白の骨をさらしている
考えられない悲哀をもって
尼僧が里を避けて歩くじゃないか
光は銀色に葉先を尖らせ
水はいつものように頬を新鮮にする
ここからどこにむかうのか、彼女は
竹林の脇に私はたたずみ
沈黙するコウモリに「果物」と呼びかける
ほら、ここから山裾を迂回するだろう彼女は
歩くごとに年齢を脱ぎ捨てて
潰れた鳥たちを拾い集め
その翼をつなぎあわせ
肩をおおい腰をたわませる
黒くそびえる山頂の精確に二倍の高さに狙いをつけて
彼女はやがて典雅な飛行を試みる

V

おれたちは主人にしたがい野山をかけた、森に臆せず巨獣を恐れず
おれたちの主人は若い男でケイローンの弟子、狩猟に生き
ケイローンのすべての知識を学んで、技ではもう並ぶ者がなかった
上昇気流に飛ぶ鳥もしげみの小鳥も主人は同様にしとめ
ヌタ場の猪、岩山の山猫、川岸の鹿、深い森の熊を、やすやすと殺害した
ある日おれたちは泉で水浴する若い女（人か神）を見た、傲岸な裸身を
それが終わりだった
女はおれたちの主人を鹿に変え
おれたちは主人を襲いただちにむさぼり食った
おれたちは五十頭、鹿が鹿になれば
もうそれが主人だとはわからなかった、主人はどこへ行ったのか
彼の名はアクタイオーン
おれたちはおれたちだけ連れだってケイローンの洞穴に行った
老いたケイローンはおれたちを哀れんでアクタイオーンの像を造り
おれたち五十頭はそのまえでひざまずき、いつまでも頭を垂れて祈るのだ
おれたちの遠吠えが野山にこだまする

VI

詩は科学の中にあり詩学は技術の中にある
詩は学知と対象の接合面にあり
詩学は技法と物質が出会う一点に生じる
私の詩は五月の蜜蜂のたゆまぬ触角にあり
私の詩学はビーバーの建築術をまねたものにすぎない
(それは言語的な事件ですらない
それは言語でさえないかもしれない)
それは言語を担うものである声つまり振動が
この空中を波状に伝わり消えてゆく瞬間の影
私の詩学は金星の上昇を翻訳として体験する
私の詩は現地名しかもたない獣に別の名を与えようとして
その習性を聴覚的領域において七日間にわたって観察する
死に死をかけると死は生へと反転する
詩が死に死をかけるとき生が発熱する
あらゆる伝統的学知と詩法は死の領域との和解をめざすもの
私の詩はちがう、それは野原をゆく雌ミツバチの飛行の相関物だ

伊東静雄の近代

（中）

岩成達也

『夏花』は、現在という私達の視点からみれば、かなり扱い難い作品集である。というのも、いままで私達がみてきたような『わがひとに与ふる哀歌』——それは近代に均り合うほどの知的で屈折した作品集であった——の性格からして、それに続くこの作品集を、かつてよく行われていたように、「典型的な近代日本抒情詩の成立」とか、「亡びの美学」とかいう言葉で簡単に括ることですますことはできそうにもないからである。

例えば、ここに収められている二十一編の作品は、『哀歌』*1刊行以降のほぼ五年間に様々な雑誌に「単独」の作品として公表されたものばかりであって、それが作品集を編むにあたって、公表順序とは異なった配列順序を与えられて収録されている。この意味では、作品集自体は前作品集と鋭い断絶をもつようにみえるかもしれないが、個々の作品は必ずしもそうではなくて、大枠での連続性は保たれている。ただ、その枠内での移行《スライド》とでもいうべき動きが、少しずつ目についてくるのだ。

いま少し具体的に言えば、『哀歌』の特徴であった「強いられた語法」、ものの「物象化」、クセニエ構造、更には悲調ともいうべき声の調べ、あるいは「哀しみにまがうある感受の傾向」は、そのまま『夏花』の諸篇にも深々と浸透している。ただし、そのあらわれというか、そのありようは必ずしも元のままではなく、徐ろな移行《スライド》があちらこちらでみられるのだ。例えば、ここでは例のクセニエ構造は影をひそめ、「批評性」は潜在化している。また、統辞法や「物象化」も「日本的なるもの（和式化?）」への移行が目につきはじめる。それとともに、一部の論者が論じているように、ヘルダーリン的視点からニーチェ、リルケ的視点への——つまりは、全平面的視点から個であり虚でもある垂直的視点への——ひそかな移行乃至はひそかな脱皮が窺えるのだ。そして、この結果、あるいは少なくともこの移行とともに、声の悲調と哀しみにまがう感受が、いまや殆どが——みかけ上は——手放しになるかのようだ。

しかも、繰り返しになるが、このような継続と移行は、公表の順を追うに従って徐々に深まりをみせてくる、というような性格のものでもない。作品を公表順に追う場合、クセニエ構造の「変質」と物象の和式化は共通しているとしても、個々の作品のありようは、よく言えば自己完結的であり、悪く言えば多様というか、作品群の方向性がよくみえないのである。ところが、『夏花』として編まれてみると、これらの多様な作品群は、さきほどみた継続と移行の諸相をひときわ鮮明にあらわして『哀歌』と向かいあう。と言うことは、『哀歌』以降の作品のありように、鮮明な輪郭を与えるために、伊東静雄はこのような編み方をしたのだろうか。

今回準備のために私が目を通し得た限りの論の中では、『夏花』の個別作品の鑑賞にしても、その内部構造の分析にしても、もっとも私に納得しやすかった論は富士正晴氏の論[*2]であった。そこで氏の論を下敷きにさせて頂いて、集全体の作品配列を改めて見直してみると、次のいくつかの点が私達の注意をひくように思われる。

(1)冒頭に最新作の一つである「燕」(14・1)[*3]が置かれ、末尾にやや旧作ではあるが作品の様態の似かよった「疾駆」(12・4)が据えられている。

(2)集のほぼ中央部に「水中花」(12・8)が置かれ、その前後で作品群の方向性が微妙にだが転調を示している。即ち、「朝顔」(12・2)、「八月の石にすがりて」(11・9)、「水中花」と、いわば声の悲調の方向へと上りつめたものが、「自然に、充分自然に」(11・1)で一転して、「夜の葦」(13・8)、「野分けに寄す」(14・1)と別の方向へと動いていく。

(3)富士氏は、『夏花』の全価値は「開けてゆく花びらの物おじと決心」にある(93[*4])と断じながら次の二つの興味深い指摘を行っている。

(a)冒頭の「燕」は「一切の自己空白化衝動を含み」(50)、それにより「ひらけゆく精神のながめに……眩めきを感じる形」(92)であり、(多分、同じことだが)、巻末の「疾駆」は「単純な明るさの世界(への赴き)」(66)だと述べている。

(b)「いかなれば」(13・9)は、「『燕』へと向かひ、その一歩手前の一休止点である。(…)問うても詮のないことを問う」(52)ということ。この問うても詮のないことを「ひとに語りかけ、運命を思へば「いかなれば」になり、己のうちに含んで見れば「水中花」になる」(55)だろう。そして、「やがてこれの手法は「早春」(13・3)で少し異なった形で完成される」(55)と。——おそらくは、と私は思うのだが、これ以上明快に『夏花』の内部構造を示唆した文章はほかにはないのではなかろうか。

(4)少数の考えるに足りる例外はあるが、既に触れたように、『夏花』には、少なくとも表層部的には、クセニエという構造はみあたらない。では、そこでは何がそれに代わっているのだろうか。前項の富士氏の指摘によれば、あるいは「問うても詮ないものを問う」ということにもなろうが、とりあえずのところは私はそのことを「する」「私」というものの位置どり)の移行)がそれに代わると仮定して話を進めたい。[*5]ちなみに、『夏花』でクセニエ構造があらわれるのは、多分二箇所、なかでも明白なのは「水中花」と「自然に、充分自然に」との間であり、ついで、やや表面的かもしれないが、「いかなれば」・

「決心」(15・1)と「朝顔」・「八月の石にすがりて」・「水中花」との間である。なお、「夢からさめて」(12・3)と「朝顔」、「水中花」の三編は、ともに散文乃至は散文詩風の「前書き」をもっており、悲調の声のよく響く「本文」と二つ折りになっている。ここにも、クセニエ構造の痕跡をみることができるかもしれないが、その構造を要請する必然性(=批評性)はもはや失われている。

　このようにみてくると、統辞法のある種の口語調化、物象の和式化を除くと、『哀歌』と『夏花』をわけるものは、作品における「私」の位置どりの差ということになるのではないかとも思えてくる。『哀歌』では「私」もまた物象化されていた。つまり、みかけ上は語られるものであったのである。ところが、『夏花』では、クセニエ構造が「衰退」した結果、その構造の裡に潜在していた語る私がいやおうなく顕在化し、語られる「私」に様々な様態を与えるという形となる。例えば、――

　従来潜在していた「私」が言葉として突如表面に噴出する(例。「八月の石にすがりて」の第二連、「野分けに寄す」の最終連、等)。そこまでは行かなくとも、自問自答的な枠組みが露骨に作品を動かす(例。「いかなれば」、「決心」(13・1)、「早春」、等)。更にこれに少し似たものとしては――その例は多いので個々には挙げないが――「私」が作品に登場し、あるいは「私の想い」を枠組みとして作品が動いている。ただ、この場合、注意を要するのは、「水中花」のように「私」が再び『哀歌』的な物象へ戻っている事例と「夜の葦」のように戻っていない(語る私と語られる「私」とが近接している)事例とがあるということで、作品によってはかなり微妙な仕分けになるが、後ろから触れるように、両者の間には明確な方向性の差異がある。そして、最後には、一転して、「私」は作品から喪われ、「私の視点」だけが辛うじてそこに残るにすぎなくなる(例。「燕」、「疾駆」)。……したがって、『夏花』で扱われる「私」は、一部の重要な例外を除き、そこでは「物象」というよりも、「物象」と「主体」との間を揺れ動き、そこでの作品構造の支柱に擬せられる扱いをうける――というみかけをとる。

　ついでに言っておけば、統辞法の口語調化・日常化にしても、物象の和式化にしても、実は、「私」のかかる移行《スライド》と深い係わりをもつ事柄であるのかもしれない。というのも、ここでのものの物象化は、「私」のごく近くで展開されるだけに、「和式化」され、物象化の辺の高さが薄れてくる。つまり、日常性にまがう場面が増えてくるのだ。統辞法の口語調化、日常性の増大についても同じことが言えるだろう。ただし、興味深いことに、両者をひっくるめた「強いられた語法」そのものにはまだそれほどの「衰弱」はみえないのである。それどころか、ここでは手放しになりそうな声の悲調と哀しみにまがう感受を詩につなぎとめるものが唯一この「強いられた語法」であるという面さえ窺える。この意味では、読者は意外に思われるかもしれないが、『夏花』の世界もまた、その和式化、口語調化の意匠にもかかわらず、少なくとも形式的には、疑う余地なく「モダニズムの世界」だ、と私は思う。

このことに疑いをもつ読者は、集中きっての名品「水中花」と『哀歌』の第一系列の作品とを比較してみて頂きたい。「今《こと》歳《し》水無月《みなづき》のなどかくは美しき」と歌いだされるこの作品は、間然するところのない強いられた語法と、和式化しているとはいえ強く物象化された言葉、更には見事というほかはない声の悲調に支えられて、「すべてのものは吾にむかひて／死ねといふ、」哀しみにまがう感受を痛切に噴きあげていく。そして、この作品が『哀歌』第一系列とほぼ同様の装いをしながら、それらよりもより哀切な感じがするのは、多分、この作品からクセニエ構造が「脱落」しているからであるだろう。

もっとも、そうは言っても、実は「水中花」は二重の意味でクセニエ構造の痕跡をひきずってはいる。一つは、前書きめいた散文（詩）がついていること、いま一つは、集配列的に、この作品の直後に「自然に、充分自然に」という『哀歌』第二系列を髣髴させる作品が置かれていることである。ただし、後者は、集構成上「水中花」を一つの頂点として際立たせるための配慮という面が強そうだし、前者も作品構成上クセニエ構造的な折り目によって本文を際立たせるという以上の役割を担っているとは考え難い。要するに、二つの痕跡とも、さきほどみたように、本来のクセニエ構造が持っている例の批評性は希薄なのである。これはいまから考えていくことなのだが、この「水中花」の（また、前書きめいた散文（詩）を伴せもつ「夢からさめて」、「朝顔」の二篇の）ある種異常な「美しさ」は、かかる批評性――更に言えば「知」の放棄・扼殺をその代償としてそこに生じているようにも思えるのだ。

だが、そのことを確かめるためにも、いま一度集の構成に戻る必要があるだろう。再び富士氏の示唆にとんだ「読み」に戻ると、『夏花』はその前後が、「自己空白化」を通して開かれてくる「単純な明るさの世界」を――少なくともそこへ赴くことの「決心」を――歌った作品で囲まれている。そして、『夏花』の内部構造の太い骨組みは、「問うても詮のないことを問う」双対の作品「いかなれば」と「水中花」、そして後者から延びている「早春」で定まっている。一方、『夏花』を構成する原理は、もはやクセニエ構造ではなく、――昔ながらの――「私」という関係である。「私」という関係、それは一口で言って「自己が自己にかかわる関係*6」という特殊性をもつが、そのために「私」だけではなく「私」の周辺部をもそこに抱え込んでくる関係となる。『夏花』において、「私」が様々な様態をとるのはそのためである。

だが、静雄が『夏花』で試みようとしたのは、このような様態の確認かと言えば、そうではない。『夏花』の「私」は、広い意味*7での「みること」に偏している。しかも、ここでの「みること」は「静観」ではなく「凝視」であり、静雄自身後の『反響』に収録する際『夏花』を『凝視と陶酔』と改めたように、多くの場合陶酔と裏腹の「凝視」である。あるいは物象化をよび、物象化の上に立つ凝視、更には「凝視という語法」といってもよい。いずれにしても、凝視の強度はまだ「強いられた語法」の強度に通じており、その限りでは、伊東静雄の詩は、なお近代詩に固着している。

しかしながら、「凝視」に「自己空白化による単純な明るさの世界（への赴き）」という枠組みを与え、「詮のないことを問う」という内部構造を与えることには問題はないのだろうか。というのも、「凝視と陶酔」との関係は、いわば、ダブル・バインドだからである。つまり、片側には凝視の極としての陶酔があり、もう片側には凝視の放棄としての陶酔がある。静雄の場合、『夏花』では、なお「みること」は「問う」ことであり、それらは殆どが「私」という関係そのものが孕むものである限り、凝視の放棄は少なくとも作品上からはあり得ない。しかし、「自己空白化による単純な明るさの世界（への赴き）」という枠は、極めて両義的であって、凝視の力が少しでも緩めば、たちまち凝視の放棄による陶酔へと転落する危険性を秘めている。そして、げんに次の作品集『春のいそぎ』では実際にそれが生じるのである。

この意味では、両端の「単純な明るさの世界（への赴き）」に枠どられ、様々な凝視の中に浮かびあがる「水中花」、この間然するところのない強いられた語法の一瞬の鮮烈な開花はきわめて際どい位置にあるというべきだろう。つまり、それは強いられた語法、それをもたらす凝視の力、そして何よりもそれらを支える「私」＝「私の知」が放棄される直前の位置にあって、しかも『夏花』によってその頂点へとおしあげられているからである。言いかえれば、「水中花」は『夏花』の編纂によって仕立てあげられた[*8]一種の白鳥の歌なのであって、その調べの哀切さが他に類をみない所以も、おそらくはここに由来すると思われる。

第三詩集『春のいそぎ』においても、身辺雑詠的に極度に和式化され矮小化されているとはいえ、強いられた語法はなお残存している。しかし、それはもはや形骸なのであって、本来それを要請し、それを強引につくりあげたはずの「私」の「知」の「近代性」は、そこでは理解し難いほどに衰弱している。何があったのだろうか。勿論『哀歌』から『春のいそぎ』にいたる全作品群は十五年戦争にすっぽりと包まれている。あるいは、日本浪漫派、『和漢朗詠集』、郊外転宅との関係も無視できまい。だが、そのあたりのことは静雄研究者に十分調べて頂くことにして、ここでは二つほどのことを確認すれば足りるだろう。

一つは、語法内部での変質、統辞法や物象の行き過ぎた和式化・日常化が、語法自体の衰弱・自壊を招いてしまったのではないかということである。実際、はじめに触れたように、反和式、反日常、そして強引な分節化ということが「強いられた語法」の核芯部にはあったはずで、これに反する移行が語法の表層部から深層部へと及ぶとき、語法の衰弱・自壊は必然の成り行きであったと思われる。

いま一つは、その語法を支える「私」なり「私の知」なりのありようで、伊東静雄の知、そしておそらくは同時代の日本人の多くの知は、パブリックというか「共同体」にまでは達しない知のあり方をしていたのではないか、ということである。あるいは、まだ十分には「個」にまで達していないあり方、と言いかえてもよい。というのも、個とは、「私」を「自己が自己に係わる関係」と捉え、そこから「共同体」へと考えをのばしていくものの謂であろうから。そして、そこに到らないこのような未成熟な「私の知」は、ともすれば「私」を、「物象化」し、あるいは「語法化」しやすいのである。

いずれにしても、このようにして、「自己空白化によって単純な明るさの世界が開けた」と思った——でなければ『夏花』のような構成は採らないであろう——直後に、場面は暗転して『春のいそぎ』があらわれる。思えば、無残な事の成り行きではあった。

註

*1 以下『わがひとに与ふる哀歌』を、『哀歌』と略記する。

*2 富士正晴篇『伊東静雄研究』(思潮社・一九七一年刊) 収録の同氏の「『詩集夏花』をめぐって」、「伊東静雄」、等。

*3 (14・1) は (昭和一四年一月公表) の意味、以下同様。

*4 (93)、特にことわらないかぎり、前掲『伊東静雄研究』の該当頁数を示す。以下同様。

*5 この点については*8をご参照願いたい。

*6 キルケゴールの『死にいたる病』の中に次のような記述がある由。(私自身は未確認であるが。)「自己とは、ひとつの関係、その関係それ自身に関係する関係である。あるいは、その関係において、その関係がそれ自身に関係するということ、そのことである。自己とは関係そのものではなくして、関係がそれ自身に関係するということなのである。」

*7 「広い意味で」というのは、私は「みる」ことに、「荒野をわれは横ぎりぬ。」(「蜻蛉」) や「平然とわたしはその上を往く。」(「笑む稚児よ……」) などの、いわば身体性の「みる」ことをも含めて考えたいからである。

*8 『夏花』と『反響』の「凝視と陶酔」とを読み比べてみると幾つかの興味深い事実にであう。後者では「砂の花」と「決心」が削除され、「疾駆」が次の「わが家はいよいよ小さし」の作品群の冒頭にまわされている。作品配列は「朝顔」以下はほぼ同じだが、「早春」が末尾に据えられてその直前に、(別の)「早春」、「金星」、「そんなに凝視めるな」が追加されている。特に前半部の配列変動は激しく、冒頭に「いかなれば」が置かれ、次が「夢からさめて」、「夕の海」、「水中花」、「蜻蛉」、「燕」という配列順となっている。このため、『夏花』での「単純な明るさの世界 (への赴き)」を背景とし、「水中花」の鮮列な開花を頂点とする奥行きと陰翳を湛えた世界は崩れ、代わって「詮ないこと」をひたすらに「問う (凝視する)」裏側の直線的な構造が——あたかも自己批判のように——表面に出てくるのである。この意味では、『夏花』を支える構造も、やはり「私」ではなく、「凝視という語法」(その強度) であると考える方がより的確であったかもしれない。

(下)

少し先走りしすぎたが、改めて『春のいそぎ』に戻ることにしよう。『春のいそぎ』は、比較的短い作品二八篇を、公表とはほぼ逆順に配列し、「草蔭のかの鬱屈と翹望の衷情が、ひとたび、大詔を拝して皇軍の雄叫びをきいてあぢはった海闊勇進の思は、自分は自分流にわが子になりとも語り傳へたかつた。云々」という有名な自序を付した作品集である。二、三の例外はあるが、二八篇中『反響』編集時に削除された十三篇のうち十篇がほぼ「戦中詩」とみなされる作品で、作品集の前半に集中して収録されている。そして、「戦中詩」を含み、全作品がいわば身辺雑詠とでもいうべきみかけの作品になっているのである。

したがって、『春のいそぎ』につき、問うべきことは三つあることになる。一つは、静雄の「戦中詩」とは何か。二つ目には、静雄の身辺雑詠的な作品群とは何か。そして、これらは、静雄の近代とどう係わるのか、の三つである。

まず、「戦中詩」だが、公表順にみていくと、昭和十六年に「山村遊行」（16・6）と「第一日」（16・10）といういささか異色な二篇があり、あとはみな（多くは短い作品だが）昭和十七年から十八年に集中して公表されている。そして、奇妙なことに（と言うべきだろうか）以降は、これも一種の「戦中詩」である「うたげ」（19・2）を唯一の例外として、昭和二十一年九月まで一篇の作品も公表されていないのである。また、作品集『反響』の「小さい手帖から」に収録されている作品からみても、少なくとも昭和二十一年前半までに詩作が再開されていたとは考えにくい。いずれにしても、静雄は『春のいそぎ』刊行以降、約三年にわたり詩的「失語症」に陥っていたと思われるのだ。

ではこの間――それは、二十年八月の敗戦をはさむわが国「社会、文化」の激動期であった――静雄は何をしていたのか。多分、日記を書いていたのだ。実際、昭和十八・十九年の二年間の日記の量は、人文書院の『全集*1』で五十六頁に達しており、それ以外の年と著しい対照をなしている。（ちなみに、昭和十三年から十七年までの日記――というよりは、むしろおりおりの覚書き――は全集本で僅か八頁にすぎない。）しかも、この数字は静雄が丹念に転写していた戦況の「大本営発表」記事等を除外してのものであり、更に遺族の要請で公表されていない記述の部分も除外しての数字である。だが、私はこの間静雄が、詩的「失語症」を日記――それは「非常時」下での日常些事への対応が比較的淡々と記され（激情的な部分は公表されていないのかもしれない）、戦況にいわば「庶民的」に一喜一憂し、丹念に大本営発表記事を転写する一中学教師のありふれた日記だが――で補っていたと言うつもりはない。

多分、静雄にとっても、十五年戦争（それも静雄が「一般庶民」以上に情勢を的確につかむ状態にあったという証拠はない）とその決定的な敗北は、心身をゆるがす大事件であったはずである。しかし、それが直接に静雄の「失語症」を招いたとも考え難い。一番ありそうな筋は（したがって、一番読み外れのしやすそうな筋は）、静雄において徐々に進行していた事態がこのとき決定的な状態にまでいたった、ということではなかろうか。そして、その事態とは、私の考えでは、再び「強いられた語法」の変質・衰弱と、それをもたらし支えていた「私」＝「私の知」の摩耗・閉塞であろうと思われる。

実際、『春のいそぎ』を公表順に並べ直し、それを『反響』の『凝視と陶酔』の後につないでみて頂きたい。多分、それほどの不自然さはなく両者は一つの流れにつながるだろう。それは一口に言って、その視野が徐々に縮み、屈折をほどいてくる「凝視」の流れであり、その一方では「強いられた語法」の和式化、口語調化（日常化）が次第に固定というか定型化してくる流れである。そして、この定型化には近代詩以前の詩の形式、たとえば呪言や古代職業歌人による挽歌の形式までもが入りこんでくる。こうして、この流れは作品「大詔」（17・1）とそれに続く「春の雪」（17・3）にいたって一つの頂点に達するのである。

他のところで*2も書いたことだが、「大詔」ほど内容空疎な作品を私はほかに知らない。いや、そもそもこれは詩作品なのであろうか。確かに行分けとある種淀みのない音の流れはある（それしかない）。それに、最終行は結末の据わりをよくするために（?-）「――」ではじまる技巧さえ弄されている。つまり、形式面からみる限り、これは限りなく「詩」作品なのである。しかし、内容は、これこそ極度に「自己空白化」されている。しかも、この作品の直後に、『全集』の年譜で編者の一人である小高根二郎氏が「日本現代詩の極致を示した」と激賞している高名な「春の雪」が成立しているのだ。

「みささぎにふるはるの雪／枝透きてあかるき木々に／つもるともえせぬけはひは」ではじまる三行三連の「完璧な」作品。特にここでの「強いられた語法」は、日本的詩歌の伝統形式に見事に融合して（その繊細にして流麗な音の調べ!-）、「強いられた」という感じを殆ど私達に与えない。また内容も「清浄平明」の極致とも言うべく、この限りでは小高根氏の評もあながち的外れではない。しかし、これは「現代詩」であろうか。いや、その前に、何故これは「戦中詩」ではないのか。

簡単に考えれば、「みささぎ」を除き、戦争を思わせる詩句がなく、また、「みささぎ」にしても静雄の住居の近くにあった「御陵」と考えれば問題はなくなるかもしれないが、それにしても「みささぎ」とは天皇・皇后の墓である。しかも、静雄の「戦中詩」の大きい特徴は、「詔《みことのり》―神（国津神）―祈」を「枢軸」語として、低い位置＝全体の俯瞰を拒否する場所から戦争、この大量虐殺戦を「歌う」という点にある。おそらく、静雄「戦中詩」の「私信的」とでも言うべきいま一つの特徴とこのこととは裏腹の関係に立つだろう。

こう考えてみると、「春の雪」こそ形式・内容ともに以降の「戦中詩」群を決定する作品であったのではないか、と私には思えてくる。そして、おそらくは、「なれとわれ」、「かの旅」のような作品が戦中詩群に混じっていても、さほどの異和感を覚えないのも、このような戦中詩の性格によるのだろう。

一方、「大詔」より以前に公表された十六篇（内二篇は「大詔」以降とはやや赴きを異にする「戦中詩」）は、形式・内容ともにかなり様々な作品だが、それが「身辺雑詠」という姿をとるという点では共通している。そしてその間に生じている事態は、図式的に言えば、先に触れたように「強いられた語法の」変質・定形化と、その裏で進行する「私」＝「私の知」の摩耗・脱力化である。そして、これらの作品群は『反響』では「わが家はいよいよ小さし」という題名で括られて、冒頭の「小さい手帖から」の十篇とある種照応する位置を与えられることになる。」

身辺雑詠、とはいえ、よく読めばそれらは「戦中詩」ほど単純ではない。実際、ここでは、摩耗する「知」がなお様々に軋り続けているのである。例えば、「庭の蟬」（16・7）、「七月二日・初蝉」(同じ16・7!)、更には公表日不詳の有名な「夏の終」、これらの作品は何であろうか。「夏の終」は、まだ「ただある壮大なものが徐《しづ》かに傾いているのであつた」という行を運命や没落と結びつけることによって、「戦中詩」への途上と理解することができるかもしれない。また、「七月二日・初蝉」も一見よくある身辺雑詠として処理することも可能かもしれないが、家族三人期せずして「あけがた/眠からさめて/初蝉をきく/はじめ/地蟲かときいてゐたが/やはり蝉であつた」という情景は異様であり、その異様さは『反響』では何故か削除されてしまった「庭の蝉」の異様さにつながっている。

「旅からかへつてみると/この庭にはこの庭の蝉が鳴いてゐる/おれはなにか詩のやうなものを/書きたく思ひ/紙をのべると/水のやうに平明な幾行もが出て来た/そして/おれは書かれたものをまへにして/不意にそれとはまるで異様な/一種前《ぜん》生《しやう》のおもひと/かすかな暈《めま》ひをともなふ吐気とで/蝉をきいてゐた」　これが「庭の蝉」の全行である。読者はこの一篇に、従来の伊東静雄の作品とほとんど異質な何かを感じないであろうか。一応行分けにはしてあるが、その書き方(語法)は「平明な」口語散文に近い。そして、書かれている事柄はかつてなく非哀歌的である。誤解をおそれずに言えば、ここで静雄は書くことの向こう側にある何か、仮にそれを「実存」とよぶならば、「実存」に突き当たったのではあるまいか。*3

多分、静雄自身は、このとき何が起こったのか、正確には理解していなかったはずである。形式が次第に固定化し、「私」という「知」がすり減っていく流れの中で、それは一瞬の覚醒であったのだが、そのとき本人にとっては一瞬の混濁と感じられたのかもしれない(「春の雪」の「清澄」と比較せよ)。しかし、おそらくはそのときの記憶は残り、戦中詩後の詩的「失語症」からの回復にいくばくかの力を添えた、と私は考えたい。実際、「反響」の「小さい手帖から」に収められている「詩作の後」(21・10)は、「庭の蝉」を書き直したのではないかと思うほどに、作品の運びや手触りが似かよっている。例えば、両者ともに、詩作の後に生起する異常な乃至は「内なる他者性」の感受が作品の内容であって、この場合の「詩作の後」とは「書くことの向こうに」ということとほぼ同義であるだろう。

しかし、このような従前とは異質の「身辺雑詠」のありようは、実は、「小さい手帖から」に共通しており、語法の散文化・視野の日常些事への縮小下降と表裏をなして「野の夜」(21・9)、「夕映」(21・9)、「詩作の後」、「中心に燃える」(21・11)、「帰路」(22・3)等という忘れ難い作品を続発させている。そして、「詩作の後」は十篇よりなる「小さい手帖から」のまたしても真中に置かれているのである。

勿論、十篇中三篇が二十一年九月に、別の三篇が同年十月に、一篇が十一月に、そして残り三篇が二十二年の二、三、十月に公表されているという事実から推して、更には二十二年公表の三篇は、早くも『反響』以後につながる衰弱の兆しを感じさせるところから推しても、二十一年九、十月公表の六篇は同時期につくられたものではないのかもしれない。しかし、これらの成立が敗戦後であることは多分間違いない、と思われる。というのは、そこではもはや従前の哀歌への意志は放擲されているようにみえるからである。

哀歌への意志――だが、この問題は静雄の場合みかけほどには単純ではない。例えば、『哀歌』では歌は何に対して哀しんでいるのだろうか。既にみたように、それは「そこにあるべきものがないこと（……）更にいえば根底のなさ」より滲みでるかのような「哀しみ」であった。そして、この哀しみは『夏花』を通しても本質的には変わらない。ただ、『哀歌』の第一系列と第二系列とが、例えば「凝視」において合体することにより、事態はより鮮明に私達にみえてくる。そこでは、「あるべきもの」は「私」であり、「あるもの」は「自然」なのである。したがって、ここでの哀しみは、「在る〈自然〉」とその中で唯一「滅びに向う〈私〉」に対する哀しみであるはずである。だが、何故「私」は唯一滅びるのか。言うまでもなく、「私」が「自然を凝視する」からである。つまり、「私」は「私が滅びに向う」ことを知っているが故に、何よりも「みる」ということをするのだ。

『春のいそぎ』では、このような事態は更に極端になる。これも既にみたことだが、遂に「春の雪」では「私」は滅びてしまっている。このことは「春の雪」と「燕」を比較すれば比較的判り易いかもしれない。「燕」ではまだ「私」は「視点」としてそこにあった。ところが「春の雪」ではそれさえも無化されている。それが証拠に、そこで前面化しているものは、もはや情景（自然）でさえなくて、意味の薄い音の調べ、かつての和歌にもまがう音の調べだ。したがって――と言うべきだろうか――そこでは、哀歌につながるものは、ただ、音の調べだけなのである。しかも、静雄の「強いられた語法」の行きつくところ、静雄「戦中詩」の音の調べを基調とするこのような定形化は、「強いられた語法」それ自体を抹殺するだけでなく、「そこにあるものがない」という哀歌の本性をも抹殺するものなのである。（「そこにあるものがない」、実際、「私」もまた抹殺されているのだから）

こうして、伊東静雄の「モダニズム」よりの剝離は、静雄の一種の「自死」をはさみ、従来の哀歌との訣別ともなる。勿論、この「自死」が意識的に選びとられた、というように私は思わない。大本営発表記事を丹念に写しとる静雄の姿は、意識的な「自死」とは無縁なものであろうから。しかし、奇妙なことに、このような状態を経、三年間の「失語」期間を経由しても、おそらくは、静雄の哀歌への意志は持続する。哀歌との訣別を認めながら、一方では、哀歌への意志の持続を認める――だが、これは矛盾ではない。先取りして言えば、その間に「哀歌」の内質がおそらくは裏返ったのである。

『反響』の「小さい手帖から」の作品群と「わが家はいよいよ小さし」の作品群とを比べてみると、「身辺雑詠」という点では共通していても、その文体の変化には驚かされる。後者では、まだ作者の関心は「書く」ことにあり、それ故に次第にほぐれてきたとはいえ、依然として「強いられた語法」とよく響く音の調べとはその文体上の特徴となっている。ところが、前者では文体は「水のように平明」になっており、ほとんどが――勿論、随所に詩作品としての細工はほどこされているが――口語散文の文体（を行分けにしたもの）と大きくは異ならなくなっているのである。

また、「小さい手帖から」でも、「私」の姿勢は「みる」ことにあるが、ここでの「みる」ことは「凝視」ではなく、どちらかといえば受身であって、「私」に届くもの（もはやそれは物象ではない）をとまどいながら受けいれる、という感じが強い。あるいは、こう言ってもよい、ここでは「私」がはじめて「私」に関係する関係であるということに自覚的になり、その関係の中で外なる事物をみている、と。だから、ここでの「みる」ことは「解釈する」あるいは「解釈できないと思う」ということである。そして、さきにみた文体上の特徴も、ぴたりとこのことに寄り添っている。

つまり、仮に哀歌への意志がここにまで持続しているとするなら、ここでの哀しみは「あるものがない」ことに由来する哀しみではなく、いまや「在る」ことそのことに由来する哀しみに「裏返」っているのではあるまいか。このことと先に触れた「詩作の後」等での感受の内質とをあわせて考えるとき、三年間の「失語」を経由して、伊東静雄はそのとき詩の「近代」から詩の「現代」へと一歩を踏み出していたとも思われるのだ。

勿論、静雄自身がそのことに自覚的であったかどうかは、『反響』以後の少数の遺作を読むかぎり、かなり疑わしい。実際、静雄に残された時間はあと六年足らずしかなく、しかも、その間重篤な肺結核で病臥し、このような転回に必要な余力はもはや尽きていたと考える方が自然だからである。

おそらく、私達の戦後とは、もはや私が私に関係する関係であることが明確ではなくなるような時期、私達の個が解体を余儀なくされ、むしろ、私達が他者に晒され、他者の気紛れで瞬間瞬間の結節／分節としてしか私を理解し得ないような時期であると思われる。伊東静雄の「知」は、私達が「個」であることは知っていた。しかし、昭和前期という時と場所では、「個の解体」の必然性を理解し得る程度にまでは「個の確立」が果たされていなかったのである。もっと言えば、本来の「個」は永遠と時間との交差として生起する。だが、静雄の知はこのことを、特に「永遠」をまだ捉えきれてはいない。ただ、静雄の場合は、その鋭敏で屈折した知のありようが、軋りながら摩耗されていく「知」の行く方を、いわば身体的に予感することはできた。「詩作の後」を中心とする一群の作品は、誤解かもしれないが、このようなことを私に深く考えさせるのである。

註
＊1 『定本　伊東静雄全集　全一巻』（人文書院・一九七一年刊）
＊2 「現代詩手帖」一九九九年二月号「（春のいそぎ）をめぐって」
＊3 「庭の蟬」の末尾四行は、例えば、J・P・サルトルの『嘔吐』を私達に想起させないであろうか。

たいせつな代筆。

藤原安紀子

おいしくいただきました。小夜

私がみえるものは、顔手足を隠して有機的に踊っている。小柄な人。泥と雲のあいだにひかれた金属の弦を渡る小夜。もうなにも感じない首筋からうすい背を這い抱けば安心したように目を閉じた。その傍でほんとうの音楽がなっている。この腕に受けとめたまま、ぬくみの消えたまぶたの縁に腰を下ろし靴も履かない足をふわふわ揺らす。みひらかれた空白の奥に小夜のかたちがいる。

サーモンペン、ネポテとウィッチに、告ぐ。

それを説明しようと、旧い友と朝の食卓を囲んだ。憶えておいたメモを繰り返す。誰かの文字から文字をなぞり、直筆の意味もわからぬまま夏も終わろうとする木曜日、けさは一緒に登校する小夜ちゃんが私を見過ごしていきました。枠を縮小して顕われなかったものとなり、ぴいと洩れそうになった声を斜めに仕舞う。小夜ちゃんは私のうしろに立ちます。もうかえろう。早引けしてお家で自慰するの。あしたはまた元気にうきあがるだよ。小夜ちゃんはやさしい目をもつ生きものでした。黙って耳を傾けていた三人の友は、発芽することのない種に朝夕かならず水を遣る。話はジョロに入れたといって朗らかに笑っている。

小夜の指がチェンバロを弾いた時代。そして、かもめメモ。

そう、その夜眠るまえに、ほとばしりうれていく西瓜を腹のまえで抱えてあなたの未熟な種のことを考えていた。大切なものを悉く捨てていいと思えるほど、高まった感情が発火して痺れてほだれて、その先には支えられる梯子の絵がある。誰が描いたのだろうか。かみの延長、線上の錯視。いまの間に生まれたとてもちいさな女の子をみて、石を叩きよろこんでいる初老の人。「水が湧きとどまる水にもののかたさで触る、この手が傷みを負わせませんように。さらさら」そのまま西へ呼ばれて曳かれゆく弦の奏者に同行し、黄味かかった大地に落下していくのを、小夜が先に気づいて指さす。

カナカナ、カナ、同行する奏者はどんな音も真似た。記憶する機械を手にしてからはみじかい促音もループして拡張するのである。カッ、ココカッ、コカッ、浜で拾ったみたこともない指輪にはねじが付いているので捲く。憶えかけの忘れものを忘れたことを憶えていたと、かもめメモ。文字で記してはいけないかもめメモは戯けて、煙草を吸いかける。

(復唱)カナカナ、カナ、同行する奏者はどんな音も真似た。記録する機械を手にしてからはみじかい促音もループで拡張するのである。カッ、ココカッ、コカッ、浜で拾ったみたこともない指輪にはねじが付いているので捲く。憶えかけの忘れものを忘れたことを憶えていたと、かもめメモ。かける、またかけるのだが単純な復唱は意味をなさないし、そんなまずしさは絵にも描けない。奏者は不満を直ぐに排泄にかけて非難する。それを防止するためにチェンバロは固定されているが、空白の奥も屋外にはちがいない。

まるで同じじゃないか。

私は、踊っていたようだった。狂ってもいただろうが代筆を続けることにした。小夜は誰だという問いは愚問である、口惜しいがなにもかもが真実なのと告げるためにやって来る、それもまた小夜ちゃんの亡霊。奏者の手が延べられると信じていた金曜日の朝は大雨でした。水にすっかり透けてしまった腕と腕をくっつけるようにして、いつもの電車に揺られていました。この先、伏線は一九〇〇年代の地下鉄へと敷かれていきます。ところで、小夜ちゃんと私はあれからもう二〇〇年以上も鬼ごっこしていているのに、一体誰が代筆しているのでしょう。うんとね、まだ文字の読めない小夜にはよくわかるの。かもめメモは**ぽりぽりデータ**に書き換えられて、ひくい垣根を羊が跳んで、あしたはまた元気にうきあがるだよ。靴を埋めた場処を小股でまわる、まわりをいつまでもまわり踊る。あの子のやさしい目がみたものを、なにひとつ憶えてはいないかもしれない、けれどこなごなに散る部位にどれだけ心震えたことだろう。それは小夜でも私でもなかった。恋しさのあまり腰かけたまま眠ってしまったようで、初老の人の体力を借りて起き上がろうとする。同じものと見紛うほどに、擬態の踊りはますますはやい。

垣根へと

高谷和幸

「ものを思う垣根」＝「今日の一日はそれだけでは充分ではないという告白」の向こうは夕陽で一杯です　「すこしつらい」幸せを語ることになる急な峠道を　乳母車がすれ違っていきました　乳母車の座席に腰かけた一人の使徒は　ほほえましい記憶「マフラーと鼻歌」を思われて　まるで欠落したのを知らない首（であるかのような）　「にんげん」が滑落していくのに耐えていらっしゃいます背だけが伸びすぎた並木を枯らして　わたしたちの靴先をたくさんの乾いた欠落で隠されたのでした　たったの二・三日のあいだだっ

たのに（そのプロポーションが）すっかり色褪せてしまわれたので　わたしたちは乳母車を押している女の年齢も分かりません　あれは「語らない」が乗っていたのかもしれません　「垣根の不安」＝「それだけでは充分ではないという告白だったように思う」の山茶花は書簡的なすれ違い（あなたのものだった）（かのようにの）なのです　（わたしのものだった）家の中に一人でいる子供に「なぜ見えないものが準備されたか」と疑問がおこってもそれが垣根というもの　長い車列がいっせいにクラクションを鳴らしたその一つの指先さえも　丸テーブルの上の花瓶にすれ違い

口火

渡辺めぐみ

君は悲しみをかさではかる癖があるね
積極的に言葉を投げかけたことのないあなたが言った
それがいけないとでも言うように
動乱のビデオを一緒に見ていたときに
あなたが未来からこの世を訪う何らかのきっかけとなった
催眠戦争のことを思い出していたのだろうか
わたしは膝を抱きわたし自身の悲しみを抱く

過積載のトラックが
産業道路をひた走る
その重金属の震動と通過音が
いつものようにわたしの胸の中をすり抜ける
悲しみは一瞬
確かに鼓動が止まるのは一瞬
わたしたちは死のその瞬間に向かって生きてゆく

輝ける葉よ
陽光に輝ける葉よ
わたしは何度おまえを見るだろう
朽ちる前に
椀ぎ取られる前に
わたしは何度おまえを見ただろう
そのように死を待つわたしたちの生が
悲しみの数ではかられてはならないことを
知っていたのに
光は窓の外で産卵を続けていたけれど
あなたは影そのものとして
ビデオの終わった砂嵐のテレビ画面の前に座っている

僕は血まみれの子供の頭を運んだ
蛆がわくまで放っておけなかったのだ
子のためでなく
子の母のためでなく
僕の…

あなたが未来から持ち帰った手帖には
震える光の文字でそう記されている

はかりがたき悲しみを
悲しみのままに
あなたの生とわたしの生を
都会の真昼が洗浄する
助けたかっただろうに
その子を
助かりたかっただろうに
あなたも
あなたの血の通う痛みを
その微熱を
わたしは愛します

高層ビルの最上階
院内で最も見晴らしの良かった病室の窓辺に
あふれ出していた光をいっぱいに受けて
死にゆく父の枕辺を飾っていたあの花を
明日無し草と名付けたあの花を
明日あなたのために活けよう
あなたは既にいないのかもしれず
スパイラル
子供の頭を運んだときに……
スパイラル　スパイラル

あなたは明日へ帰ってゆくのかもしれず
スパイラル　スパイラル　スパイラル　スパイラル
ただわたしたちわかっているのさ　きっと　きっと
遺伝子配合のことを考えてはいけないと
生存の価値をはかってはいけないと
スパイラル　スパイラル　スパイラル　スパイラル
今手をさしのべられることだけを
形にしてゆくしかないのだと
スパイラル　スパイラル　スパイラル　スパイラル　スパイラル
あなたとわたしの心臓を透過して
真昼が過ぎてゆく
スパイラル
秩序の真昼が過ぎてゆく
スパイラル　スパイラル

（連作詩篇「スパイラル」より）

われわれの絵

河津聖恵

博物館の冷えた冥暗を　ナスカの地上絵のハチドリは
投射光となりゆらりと舞う
外を吹き上げる気温は　文明を静かに無感覚にあやめていた
滅んでは甦る文明というものの　生命の根源の地を照らす炎がある
そろそろ私たちも　われわれの絵をみつめだしているか
ナスカ展につどう人々の瞳が　狂気の文様に染め抜かれていく

描いたのではなく　石を除き露出させた白い砂土を
素足で人々は歩いたという
常日頃は苦悩する戦士である者たち　ヤーコンを苛酷に収穫する者たちが
ある日
叫びもせず
巨大な一羽のハチドリの精霊の意志を知らされ走り出した
太古の闇に松明をかかげた文字なき人々
コカの葉を嚙み　文明そのものの絶望が言語を捨て

ハチドリの嘴の突端ではげしく祈った……
壺に執拗に描かれる未知の生き物　シャチの神　サル　そして首級《トロフィー》　また首級

他文明のように　性交を描くイタズラもなく
途方もない虚ろをまえに　ひとは
狂気の中できまじめに希望の笛を吹き踊った……
ときに踊った……
太陽に血を透かせ　スポンディル貝をきらめかせ

そして文明は孤独にファルドに包まれ
いつか未来の　母のような指にほどかれて
五歳のつぶらな瞳を覗かせる

＊スポンディル貝――水と血の象徴。エクアドル北の湯暖な海域に生息。ナスカ人はペンダントなどの宝飾とした。
＊ファルド――ミイラを包んだ布。

除夜へ

扉野良人

除夜へ

蒲団に種子の着地を見ているだけの
言葉の気配はあった
空徳利がころがる
蓬けた畳を覚えている
苛酷な色ガラスに染まり
うつむき　ふり仰いだ
しずかに暮れる膝小僧
逃げるようにすんなりと立ち
あなたは行かないのか
青い営みは
火を引いて天に影を放つ
折り目正しいなけなしの紙幣で
胸のふくらみに隠された深さを点すため
冷めた手に模造の枝を振れば

またたいて芽吹く森もある
日々を葉風に舞いまよう
簾はごおと闇にながれ
さかさまに光る星
素手と素足の戦いがはじまるのだ
肋骨と肋骨の剣《つるぎ》をきしらせ
軒下の古い土はふるえる
わたしの新しい疑いもふるえる
キラキラこめかみにうかぶ鱗の
とどまらない飢えを畳にねじ伏せ
素顔に息づくだけの吃水を
すきとおる胸の螺旋に流れさす
除夜へ
頑強な敷居の外へ
巣床に散らばるニセの葉をかきだして
あなたは無言の耳を壁から剝ぐ
むかしもいまも馬の骨もなく
記憶はずれてゆく
一日の畢わりが皺よって
ふしぎにととのう床へ
とりどりに列べた
棘をおとした枝

枝をおとした棘
あなたは見る
遠ざかる跫音のする方角に
結ばれた片言を
用意の一振りに
祓《はら》う

雲の小屋

蛍光灯のまたたく机で
有史前の小屋をさかのぼり図案する
名もない木目をつたってころがる固いゴム
そこで星辰《ほし》の穀物、冷めた骨のスープをのみほす
目に鍵をさしたまま
木と土の記憶の人は
小屋から小屋へ
荒れ地の素養を調べにでかけた

芝の下でみみずがさわぐ
みあげる立木に差しかかる枝の細さで
見るだけの小屋は

天でひねられた柱にかかっていた
直線でおしはかる壁のひろさを
はじめから目地でふさぐより
水平の手をむしろ
枝の交わした空にかざす
中心の消えたスケッチをひき広げ
図案のおよばぬ気配に
火の位置を察する

土に刺す棒の
円錐の小屋掛けに消えた背中は
床に横たわる足を数え
凍てた太股に寄りそう
朽葉に曳かれたノアの丸木舟
透き間から漏れる武蔵野みたいに
数万年の耳をふさぎ
数万年の耳をそばだてる
凸凹《でこぼこ》の闇をわたる
水音

ぶかっこうな手がはがねを叩き
叩き応じた手のひびき

すかさず生まれたての顔をだし
土のつく靴をつっかけ
ほがらかに手をとりあった皺と皺
ゆれて小屋は日にふりむいた
カーテンのむこうから雲があらわれる

草のささやく屋根から屋根へ
めくるめく荒れ地にスケッチを閉じ
これ以上の方位は田に帰れ！
思い思いの窓辺に遊びふけり
いつまでも見ている
指南の鼻歌まじりに降りてゆく畝には
見えてかくれる足首に日暮れる
とび色の父が帰るのは
今朝だろう

イギリス、ナローボート運河紀行

立松和平

二〇〇〇年六月一六日（金）

成田から一一時間飛行機に乗ってロンドン・ヒースロー空港に到着す。タクシーを拾い、ロンドン市内のホテルにいく。**Aldwych Hotel** である。一人のデザイナーが家具から壁紙から食器からすべてデザインしているデザイナーズ・ホテルという。なるほど凝りに凝った上等なホテルである。ただすべてがデザイン的で電燈のスイッチがどこにあるかわからなかったりする。

オールドウィッチ界隈を散歩する。ちょうどオフィスが終った頃で、パブは満員だ。みんな路上でビールを立ち飲みしている。ちょうど白夜の頃で、夜の一一時頃まで明るい。これから一日がはじまるという感じである。東京とは八時間の時差があるのだが、歩きまわってさすがに疲れた。

午後七時、スタッフ全員がロビーに集合する。カメラマンの加藤節広《せつひろ》さん、その奥さんで陶芸家のジル・加藤さん、コーディネーターの秋山岳志《たけし》さん、編集の加納寿美子さんで、全員がはじめて顔を合わせる。これが今回の旅の友である。五人で街にでてトルコ料理のレストランにはいる。この界隈は劇場がたくさんあり、各国のレストランがひしめいている。

帰ってテレビでプロレスを見て、ベッドにはいる。

六月一七日（土）

ぐっすり眠り、九時三〇分に起床す。一〇時間眠った。部屋で朝食をとり、少し原稿を書いて、一一時にホテルを出発する。ユーストン駅一一時四五分発の電車にのる。電車はがらがらである。ゆるやかに緑の丘が重なっている田園地帯を、ノーサンプトンに向かう。

ノーサンプトンからタクシーで一五分で運河のほとりにあるアルベチャーチ・ボートセンターに着く。そこには大きな池があって、五〇艘以上のナローボートが繋留されていた。予約してあるのは六三フィートの長いボートだ。バスルームが二つ、ベッドがダブルを一つ含めて六人分だ。台所の設備も全部ついている。湯もでる。発電機もあり、ここで暮らすのになんの不自由もない。この船を別荘のかわりに使うことはもちろんここで住んでいる人もいる。屋根に植木鉢の花を育て、犬を飼っている。一八世紀のスチームエンジンを積み、のんびりと水上生活をしている。本人はのんびりとしているのではなく、人生に切迫しているのかもしれないのである……。

ゲイトン・ジャンクションからグランド・ユニオン運河を走りだす。ロンドンとバーミンガムを結ぶ大動脈だ。運河はそれほど深くはなく、いくつも蛇行している。カーブをしたコーナーは、内側は泥がたまっているので浅くなっている。スピードは最高速度時速四マイル、キロにすると六・五キロである。それはあくまで最高速で、大体三マイルぐらいで航行するので、人の歩く速度とそれほど変わらない。波を立ててはいけない。護岸が波で崩れるからである。ところどころ岸辺は石で補強されているが、ほとんどが土の岸辺だ。

運河の両岸にはトウパスと呼ばれる道がつくられている。かつてはエンジンのかわりに馬がボートを引っぱった。その馬が歩道だ。運河ができたのは一七五〇年代ぐらい、産業革命の前後、石炭や羊毛を運ぶための荷船だ。最初はヨークシャー地方のリーズから、分水嶺を越えて西海岸のリバプールまで、高低差を乗り越えての大土木工事であった。高低差を乗り越えるためには、水門（Lock）をつくる。船の前後に水門をしめ、水をいれたりだしたりして船を上下させる。そのため大量の水が必要で、もともと雨の少ないイギリスでは本来水は節約しなければならない。その水の量から、船の数の上限が割りだされた。水を確保するため貯水池をつくり、川から水をポンプアップした。各会社が鉄道のように競って運河を掘り、早くはじめた会社は水の便のよい低地につくったが、新しい会社は高地につくらねばならなかった。

土木工事では見るべきものがある。谷に運河を渡すのはどうすればよいか。スランゴスレンのポンテカサステよりにある水道橋は、地上六〇m、長さ四〇〇mの水路である。当時できたばかりの鋳鉄を使っている。一八〇五年にイギリスで土木工事の巨匠トーマス・テルフォードが設計した。

一八世紀にはいると、ジェームズ・ワットが蒸気機関を発明し、鉄道ができると、高速の大量輸送ができて運河はすたれていった。第二次世界大戦の頃には運河は見向きもされなくなり、水が供給されなくなったので、干上がってただの溝になった。ゴミ捨て場にさえなり、埋まっていったのである。

一九七〇年頃に、ブリティッシュ・ウォーター・ウェイズ（BWW）という会社がレジャーボートをはじめた。それが今日につづいているのである。

グランド・ユニオン運河は、ロンドンとバーミンガムを結ぶ太い運河で、大恐慌時代の公共工事である。運河の幅は後年にひろげられたのだが、橋は昔のままで、そこだけ狭くなっている。

こんな説明を、ダーラム大学上級研究員土木学科の樋口徹さんにしてもらった。

ナローボートは長いため、細かく舵をとることはできない。舵を大きく回して向きが変わったら、すぐに元に戻さなければ、惰性でどんどん傾いてしまう。舵をとることは難しかった。とにかくあわてずゆっくり舵を切るのがこつである。

一時間三〇分ほど走って、エンジンが黒煙を噴いた。少し休んで走りだしたが、そのうちエンジンが止まってしまった。オーバーヒートである。左岸のキャンプ場に止めようとしたら、右岸にボートを止めてある男が、右岸に止めるようにと大騒ぎをする。竿で底を突いて、右岸に接岸する。人がたくさん集まってきて、エンジンルームをのぞいていた。冷却水を通すパイプがはずれていることに気づく。水は全部こぼれて抜けてしまっていた。

携帯電話で連絡して、アルベチャーチ・ボートセンターからエンジニアがきてくれて、修理をしてくれた。私たちはテレビでイギリス対西ドイツのサッカーの試合を観戦して、修理が完了するのを待つ。対岸のキャンプの人もサッカーをテレビ観戦しているようだ。イギリスが三四年間負けつづけているということである。イギリスが点をいれた時、どこからともなく歓声が上がる。その間、エンジニアは油まみれになってエンジンルームにはいっている。一対〇でイギリスが勝った。三四年ぶりの快挙だ。勝負がついた頃、エンジンは直った。

そこから繋留地まで移動し、水を補給し、停泊する。カレーライスをつくり、ビールとウイスキーを飲み眠る。午前〇時消燈。静かである。

六月一八日（日）

午前四時、小鳥のモーニング・コーラスで目が覚める。昨日は今年一番の晴天だったのだが、今日はさらによい天気である。空には雲ひとつなく、小鳥たちも元気だ。パンとコーヒーの朝食をとってから、午前八時に始業点検をする。まず、ウイドーハッチを開け、水中に腕をいれてスクリューに絡んだ水草をとる。グリースとエンジンオイルのチェックをし、ただちに出航をする。今日は日曜日で船が多い。船の名も趣向を凝らしている。「DUG and DUCK」「ORIENT EXPRESS」と書いてあったり、リリー・モードとか人の名が書いてあったりする。それぞれの船はそれなりの思いが込めてあり、屋根に花がつくってあるのはもとより、トマトやレタスが栽培されていたりする。野菜をつくるのは、ここに住んでいるからであろう。犬を飼っていたり、小鳥を飼っていたりする。

岸辺には花々が咲いている。白いエルダの花がよい香りを伝えてくる。ハニーサックルは甘い香りの白い花だ。黄色い花はエニシダで、青い花はフラックスとワインエードである。花の最も美しい季節だ。運河から麦畑や牧草地の丘が眺められる。運河は完全な天井川である。運河を掘っては、土手を築いていったのだ。

ホイルトンマリーナのところに最初のロック（LOCK）があらわれた。バックビィ・ロックスといい、七つある。六三フィートの落差を調節するための水門である。分水嶺に向かって登っていく水門だから、まず水位の低いままで水門と水門との間にはいる。前後の扉を閉め、高い扉の窓を開く。この窓をパドルといい、ギアを回す工具は借りてある。パドルから水がはいってきて、水位はどんどん高くなり、船は持ち上げられていく。

黄昏の運河を、ナローボートはいく。(写真＝立松和平)

上の水位と同じ高さになったところで、進行方向の水門を開いて外にでていく。その門からは、下にいきたい船がはいってきて、水を抜いて下がり、また水門を開いてでていくのである。このくり返しで、船は上り下りをする。

日曜日なので船は多く、ロックにはいる順番を待たねばならない。ロックには二艘がはいる。そのかわりに助けてくれる手が多いので、水門を開くのは楽である。ロックのまわりにはパブなどがあって、人がビールかコーヒーなどを飲みながら、他人のロックワークを眺めている。若い人よりは、どちらかといえば中年より上の世代が多かった。

木影の下に船をとめ、バーベキューをした。バーベキューのコンロに豆炭をおこし、本格的に肉を焼いた。昼食である。

二差路を左にいき、ブラウンストンのサミットにいく。このあたりは標高三五七フィートだが、もちろん水平はとってある。見事な土木技術である。ブラウンストンのトンネルにはいる。山の中をまっすぐにつらぬいているのだが、とにかく真暗である。暗闇の中で自分がどこにいるのかわからない。ここは広いトンネルで、対交の船があるのがむしろありがたい。ごつごつと船辺を煉瓦に打ちつけながら進んでいく。頭上に空気穴が二箇所あり、思いがけぬ深さにびっくりした。対交の船が行き過ぎると、また暗闇の底にたたき込まれる。トンネルはいつ果てるとも思えないような不安な気分になってくる。こんなトンネルをよくまあこしらえたものだ。その技術力もさることながら、物資を運ぼうとする情熱には驚くばかりである。このブラウンストン・トンネルの長さは、二〇四二ヤードである。

トンネルをでると、嬉しかった。分水嶺を越え、今度は下りに向かってロックが連続する。ロックは六つである。そのひとつひとつをていねいに越えていかねばならない。煉瓦建ての事務所が何棟かあり、産業革命の時代にでもはいったかのような気がした。かつての通行料徴収の事務所が、今は土産物屋になっている。産業革命の当時、行き交う船は石炭を積んだ荷船だったが、今はレジャーボートなのである。

ブラウンストン・マリーナは、大きな船だまりだった。ここにはゴミ捨て場や汚物捨て場があり、水の供給場所もある。どういう仕組みになっているのか、専用の停泊場の札を立てたところもある。まだ明るいのに、午前六時を過ぎると船の数は目に見えて少なくなってくる。船を岸壁につなぎ、ここで停泊をすることとした。

シャワーを浴びてから、ブラウンストンの街にいく。パブで食事をとる。一杯飲み、街を歩く。一二世紀につくられた古い教会がライトアップされていた。もう一軒のパブにはいると、ビンゴゲームをやっていた。そこでビールを飲み、船に帰って眠る。

六月一九日（月）

今朝も小鳥のモーニング・コーラスで目が覚めた。月曜日になったので、船の通行も少なくなった。船のまわりに鴨がたくさん集まっていた。

ブラウンストンの交差点を左にいくと、あとはゆっくりと蛇行した田園の中の運河である。当分水門はない。両岸の牧場では牛が遊んでいるが、人の姿を見かけるのは行き交うナローボートの上だけである。岸辺にマーガレットが植えてあり、ポピーの赤がよく目立った。わずかに雲はあったが今日もよい日で、のんびりとのんびりといく。

ナプトン交差点を本来は右にいくところを、まっすぐいくとやがてナプトン・マリーナがある。その先をなおも進んでいくと、パブ THE BRIDGE がある。そこで昼食をとった。それからタクシーを呼び、高いところから運河を見ようとそのあたりを走ってもらう。ゆるやかな丘と丘とが連なり、煉瓦の家が建って、牧場やら小麦畑やらがつづいている。水辺から見るのとは、まったく違う景色である。緑の大地だ。

再びナローボートに乗って走りだす。ゆっくり、ゆっくりのリズムが身に染みてきた。行く手にコブハクチョウの家族がいる。ボートを見かけると、餌をもらうためにのんびりと近づいてくる。つがいと、三羽の子供だ。カモの親子なら、あちらこちらにいる。

カルカット・ロックで水を補給する。桟橋に水道の栓があり、そこからホースで船とつなぐのである。ほぼ一時間かかり、かたわらの店で買い物をしたりして時間をつぶす。そこからまたしばらく田園の運河をいく。いってもいっても緑の大地がつづいていく。その中に運河がのびていくのだ。岸辺にはところどころマーガレットが植えてあり、野生の花々もあって、目を楽しませてくれる。

ストックトン・ロックスは連続八つの水門である。日曜日と違って人影も少なく、一人分の負担が大きくなる。鍵を回してパドルを上げる作業など、暑さのせいもあって汗だくとなってこなさなければならない。間隔が狭いので、ひとつが終ると次のところに走っていく。息つく間もないとはこのことである。八つの水門で、五四・七フィートの高低差を降りたことになる。それからショップ・ロック、イッチグトン・ボトム・ロックと、全部で十の水門がつづいている。

くたくたになって接岸し、さっそく食事の支度をする。今日の当番は私で、そのへんに余っていた野菜をすべてぶち込み、バーベキューの残りの肉もいれ、クノールスープの素をいれ、ベーコン、ニンニク、大量のトマトをいれて、煮込みをつくった。最後に黒こしょうで味つけをした。電気炊飯器で御飯も炊いた。適当につくったのに、大好評であった。

ビールを少し飲むと、眠くなった。二二時三〇分就寝。暑くて汗びっしょりになって何度か目覚めたが、熟睡す。

六月二〇日（火）

目が覚めると、肌寒かった。雲が重くたれこめ、今にも降りだしそうである。パンとコーヒーの朝食もそこそこにして、船を走らせる。どんなに急いでも歩く速度より早くはならないのだから、時間をかけて走るしかない。みんなは走りたいように走るのである。そして、止めたいところに止める。繋留所があり水の補給所、燃料の補給所、ゴミ捨て場があり、自分の考えにもとづいて寄っていく。すべては自分が決めるのである。

水辺にはいつも鴨がいる。運河の水はきれいとはいえないのだが、ここは銃を撃つことは禁止で、釣りも決められたところでしかできず、鴨にとっては天国であろう。川の上を越えていく時には妙な気分であった。川に架かった橋の上を運河は流れていくのである。横の小道を歩いていた土地の人が教えてくれたとおりに、川を過ぎたところにスーパーマーケットがあった。なんでも売っているスーパーマーケットだった。盛大に買い物をする。当分の食料を買い込んだ。

それからまた運河を進んでいく。ロックがあれば、それを越えていく。単調といえば単調な旅だが、前の船がどんなに遅くとも追い越しをするわけでもなく、またこちらも追い越されるわけでもなくゆっくりのんびり進んでいく。風景が変わらないのも、なんとなく安心なものである。

これまでロックをいっしょに越えてきたお隣りさんと、スーパーマーケットで会った。ハース夫妻である。繋留しているボートの中を見せてもらった。リビング・ルームにはソファが置いてあった。台所も整頓されていて、バスルームにはバスタブもあった。ダブルのベッドルーム、シングルのベッドルーム、五〇年前のクレーンのジーゼルエンジン、壁や屋根には鉄板が貼ってあるのだが、木目もようが描いてある。凝りに凝った仕様である。注文してつくらせ、しめて八五〇〇ポンド（約一五三〇万円）かかったという。金持ちでなければとてもできないことだ。船名を HATTIE 号といい、三度目という意味である。この船が三隻目なのだ。長さは六〇フィートある。家はバッキンガムにあり、車で一時間半ほどのところに船を繋留しておき、二週間ほどボートで遊んでくる。

「ロンドンで管制塔の職員でした。六五歳で定年なのですが、一八か月前に五五歳で自由定年になって、あとは好きなことをして暮らしているんですよ」

三〇年以上も働いてきたのだから、もうひとつの人生の時間があってもよいという考えだ。管制塔といえば秒を争う仕事である。そんな暮らしばかりでなく、もうひとつの人生はゆっくりのんびりと流れる時間を楽しもうというのである。だからこそ、ナローボートの居住性も趣向を凝らしている。

ナローボートの哲学とは、先を急がないことであり、人を押しのけないことだ。これまで競争をさんざんしてきて、どちらかといえば勝ち残ってきた人たちだ。もう一度の人生を、また再び競争しても仕方がないという考えであろう。競争をしない人の顔は穏やかで、いつも笑顔だ。ナローボートに酔っぱらい運転はないので、朝からビールを飲んでいても誰も何もいわない。ただし、へべれけにならない程度の自制心は必要である。

穏やかに運河を走ってきて、ウォーリックの繋留所に着いた。すでに繋留している船がたくさんあって岸壁はあいていず、二重につないだ。道路にでると、運河の風景とはまったく違う。あまりの違いに、同じようなところにいるとはとても思えなくなる。街に向かって歩いていくと、教会の尖塔が見えた。すでに午後六時を過ぎているので、商店はほとんど閉まっている。アンティーク・ショップなどもならび、窓の外からわずかにのぞくばかりである。ここは一一世紀にウィイアム征服王によって建てられたウォーリック城があるのだが、これも遅すぎてはいることはできなかった。午後六時は景色の上からはまだ真昼間である。城内からでてくる観光客を、私たちは眺めるばかりである。

市の中心のタイレストランにはいり、なかなかに本格的な料理を食べ、パブにも寄ってビールを飲んで帰る。

六月二一日（水）

身体を縮めて眠っているベッドで、朝は肌寒かった。カーテンを開けると、外は雨が降っていた。食堂のテーブルで書きものをし、朝食をとって出発する。めっきり船の数は少なくなり、道連れもいないロックは私たちの力だけで越えていかなければならない。なにしろハットンロックスは二一個が連続し、一四六・六フィートの高低差を一気に上るのだ。運河の中の難所である。これをひとつひとつていねいに越えていくより仕方ないのである。ロックの中にはいると水は激しく流れるので船は暴れ、パドルを回す腕は痛くなる。土産物屋のカナルショップで土産のヤカンとTシャツを買った。ヤカンにはカナルアートとして独特の絵が描いてある。

昼食をつくりながら走っていき、できたところで止めて食べる。それからまた走っていく。キングスウッド・ジャンクションに繋留する。船をおりて歩いていくと、船だまりの池があり、子供がラジコンの船を走らせて鴨やアヒルを驚かせていた。穏やかな田舎街である。

近くのラップワースの街のホテルに一泊した。ここから私は皆と別れてロンドンに帰る。

秀歌を守る歌

穂村 弘

どんな歌集にも秀歌はある。その作者なりの、という意味ではない。高名な歌人の秀歌に匹敵するような歌が、無名歌人の歌集のなかにも何首かは確かにあると思うのだ。だが、その歌は何故か残らない。秀歌であることは確かなのに記憶にも歴史にも残らない。時間の経過とともにいつの間にかどこかに消えてしまう。作り手が無名だから残らないのか。どうもそうではないように感じる。

ひとつの理由として奇妙なことを考えた。広く知られて短歌史に残るような秀歌をもつ歌人には、秀歌それ自体とはまた別に「秀歌を守る歌」があるのではないか。それは歌集や連作のなかにあって秀歌を引き立たせるいわゆる「地の歌」ともまた違っている。「秀歌を守る歌」とは、例えばこんな歌である。

マガジンをまるめて歩くいい日だぜ　ときおりぽんと股《もも》で鳴らして

加藤治郎

よく知られた歌だ。色々なところで何度も引用されている。だが、これが秀歌として挙げられているのをみた記憶がない。どちらかと云えば否定的な、揶揄するような文脈のなかで引用されることが多い。曰く「雑誌を『マガジン』なんて云わないだろう」「『いい日だぜ』の『だぜ』が恥ずかしい」「『股で鳴らして』が変」。しかし、あれこれ云われながらも、この歌は多くのひとに引用され続ける。

同じタイプの歌として他に俵万智の「大きければいよいよ豊かなる気分東急ハンズの買い物袋」なども思い浮かぶ。八〇年代という時代の空気を端的に示した例として、幾度となく引かれながら、秀歌と呼ばれることは決してない作品だ。

与謝野晶子、斎藤茂吉、塚本邦雄、岡井隆、高野公彦、河野裕子……、優れた歌人たちは皆このような歌をもっているように思う。本人の個性がときに読者を辟易させるようなかたちで強烈に現れたそれらの歌こそが、同じ作者によるもっとバランスのとれた秀歌を守っているのではないか。だから彼らの歌は消えることなく残ってゆく。そんなことをイメージする。

その他大勢の歌人たちに足りないのは秀歌そのものではなく、このような「秀歌を守る歌」ではないか。美しい佳品は実は作者を選ばない。何かの拍子に誰の手のなかにもそれは生まれる可能性がある。だが、個性のアクを感じさせる「秀歌を守る歌」を偶然に手をすることはできない。

にぶき光

島田幸典

借りたりしトイレに尿《いばり》する音の響くはやさし夏のはじめに

梅雨暗《ぐ》れの昼のくりやの流し場に蛇口はにぶき光をはなつ

街路樹の広葉に窓をおしつけてバスは義足のひとを降ろせり

山切りてなりし町ゆえ暮れてなお朱の色すごき凌霄花《のうぜんかずら》

遠つ世に尽滅せりし巨神兵　入り日にさむき送電塔は

アパートに階段灯は洩れながら昇る背なかの無防備を見す

火事の香に出で立つひとの昧《くら》さかな煙に宵の夏空濁る

焼け跡の東京撮《うつ》すモノクロに道は残れり白たえの道

夕刊に足の爪切るしずけさや訃報の人がみだらに笑う

畳まれし洗濯物のいただきに妻の下着のむらさき烟る

長雨の明くる朝《あした》を濁りつつ川は太れりその現《うつ》し身に

神学部欠くる国立大学に樟の葉陰はひとを容れたり

似たひとにこころ騒《さや》ぎてしばらくを歩む地下街寒暖のなし

うちつけにとり落としたる小銭から天国的に澄める音《ね》ぞ立つ

早口が早足さそうオフィス街とおく戯れのごとく立つ虹

渡邊町夜話

——久保田万太郎へ

松岡達宜

冬ざれの雨振りやまずおんな坂降りてゆきたり傘雨てふひと

春雷や一生悔いて終わらずや大場京なるおなごといれば

わが住みし町日暮里渡邊町久保田てふ女人もありき

夏痩や夫婦箸《めおとばし》とははかなけり掬う冷奴《やっこ》は崩れ落ちたり

MOON RIVER 丸眼鏡《メガネ》紫《し》羽織《はおり》益荒男がうつむき加減に春の河ゆく

軒先にしたたかに水打ちいたる糟糠の妻いまは亡かりき

走馬燈まつりの後の淋しさは水打つように三味の音流れき

夏早《なつひでり》 螢籠とて水欲《ほ》れど今日材木座は素っ気なき俄雨《あめ》

盆提灯かくて川面に浮きゆくは散り散りの友町の灯いくつ

形見なる花かんざしも箪笥のうちでことりと蠢く春の宵あり

*

秋の風溜息のよう耳朶に吹きなまり豆腐を揺らしておりき

湯豆腐や夢の世にても食したき熱燗雉ねこ膝枕あれ

エミール・ゾラはゾラ全集のなかにあり万太郎はや『春泥』の一巻に

路地裏に〈抜けられます〉のアーチありさて十二階の魔窟はいかに

路地裏を黒蝶の日傘歩きゆくわが胸に住む人さよならをする

かのひとの棲む町路地裏冬の梅黒松剣菱提げてゆくなり

わかれじもかのひとの黒髪《かみ》解きゆけば霙のごとき菊花降り来る

百花園咲き乱れしは花カンナまづまろばして風澄み渡る

吉原や三浦屋格子戸《とぐち》凭れ飲むれってる剝がれし三ツ矢サイダー

逢引や吹き来る地雨《あめ》に冬木立切ないばかりの東京ブルゥス

そのひとの後れ毛が好きで細指が好きでなによりも燗酒絶妙でした

拝啓万太郎師匠致し方なく〈春の風邪ひとになさけをかけにけり〉

寒牡丹種村季弘も行きたるや浅草「赤垣」燗酒二合

破蓮《やれはちす》上野恋しくなりしかば蕎麦啜りけり『蓮玉庵』の

空の雁懐かしき路地黒板塀外套《コート》孕ませ迫りくる者

竹馬やおやびん誰か涕いてます江戸紫の小紋を羽織り

万太郎かくやと思うゆうまぐれ聖天町の丘、一子恋うたり

春つばめ春を憂いて横切りし寡男《おとこやもめ》の中折帽子《ハット》流るる

存外のやさしさゆえに涙しているある夜の諍ひたをやぐ鏡花

遠のいてゆく角燈のさびしかり暮夜ひとり髪結いていたることも

ぬけうらの戸口吹き寄る花吹雪戦後の父のステッキ転ぶ

ふるこよみ大川端に青く浮く東京のひと清洲橋の月

活字の娘

港 千尋

グーテンベルク通りには、もう行くことはないだろう。エッフェル塔が間近に見えるあの通りは、今となっては名ばかりだ。そこにあったフランス国立印刷所が閉鎖されてから、写真集『文字の母たち』に収められている機械や活字たちはどこへ行ってしまったのか、聞いたことはない。毎日顔を合わせた職人たちは、どこでどうしているだろう。五百年にわたって蓄積されてきた、あの何百トンもの活字はいまどこにあるのだろう。そして王の名のもとに印刷されてきた重たい書物たちは…あの時代の終わりというより、ひとつの銀河が消滅したかのようである。

想い出すのは扉をはいったときの、独特な匂い。紙とインクと金属がブレンドされた空気のなか、大きな窓から入る光のしたで、静かに組まれてゆく活字の列。組版部門の向こうから漏れてくる印刷機の音。使い終わった活字を溶かす炉と、そこから出てくる鉛の棒。ときおり聞こえてくるラジオのニュース。誰もがポケットに刺しているピンセット。とつぜん沸き起こる男たちの笑い声。

圧倒的に男性が多い印刷所で、ふたりの女性が不思議な存在感をもっていた。ひとりはポアンソンと呼ばれる部門で働いていたネリさんである。タイポグラフィの歴史に名を残すガラモンから数えて何代目になるのかは分からないが、彼女は王立印刷所の時代から続いてきたオリジナル・フォントの伝統の、最後に位置する文字の彫刻師だ

infiniment heureuse

アトリエ「マンドラゴラ」から送られてきた2008年の年賀状。無限大を表わす8は古いポスター用の木活字で、「かぎりなくしあわせ」

フランス国立印刷所　彫刻された文字のプルーフ

オリエンタリスト組版部門でアラビア文字の活字を拾うフレデリック・ダンス

った。彫刻師として最初の女性だと紹介された。

職人たちはだいたいみな、フランスではふつうの青い作業着やエプロンをつけていたが、ネリさんだけは違った。紙の山とインク缶のあいだを軽やかに歩いてゆく彼女は、いつも違うドレスを身につけていた。丈の短いスカートから伸びた脚が、回転する印刷機の向こうから近づいてくる様は、優雅なイタリック体がページから抜け出てきたように見えたものだ。

しかし彫刻刀の切っ先で、見えないほど小さなアルファベットを彫りだしてゆくとき、彼女は広大な宇宙のなかにただひとり、ポツンと浮かんでいるかのようだった。その手から生まれるのは、活字の源になる母なる字である。髪の毛ほどの狂いが印刷の全工程に及ぶのだから、間違いは許されない。彼女の眼差しは、時間も空間もないどこか別の場所にいる人のものだった。

もうひとりは手作業による組版部門に来ていた女性で、名はフレデリックさんといった。グラフィックデザインを学ぶ人が見学に訪れることは多いと聞いたが、彼女が見習いで働いていたのは、ヘブライ語やアラビア語の文字を扱う部門だった。通称「オリエンタリスト」と呼ばれるラテンアルファベット以外の文字を扱う組版で、そこで扱われてきた言語の数は五十以上にのぼる。当然、漢字や仮名も扱うから用意されている辞書の数も膨大だ。地下の活字貯蔵庫には、聞いたことのない言語も多かった。そんな特殊な場所で働く最初の女性にして、しかも最後のひとりということで、仕事と撮影の合間に世間話をするようになった。彼女は「東の」言語にとくべつ堪能というわけではなかった。文字を組みながらその言葉を習っていたのである。出会ったときは、アラビア語の活字の組み方を覚えている最中だったが、左右逆の小さな活字を手早く拾ってゆく姿に驚いたものである。

写真家はネガシートを見たとき、ある程度まで頭のなかで像を反転してポジ像を見ることができる。だがそんな経験をもってしても、活版印刷所の人々の知覚は謎であった。ピンセットでしか摘めないようなサイズの活字を天地左右逆に組み、しかもプルーフをつくる前に調整しているのである。そんな技術を各国語でマスターしているのが「オリエンタリスト」と呼ばれる組版職人なのだが、この時代にその特殊技術を生かす場所が他にあるのか、これはもう謎を通り越して理解不能としか言いようがない。印刷所の閉鎖と移転の知らせを聞いて、いったい彼女は何のために「オリエンタリスト」を夢みたのだろうと思った。

そのフレデリックから知らせが来たのは、それから一年後のことである。消印はパリ郊外の村。知らせというのは、彼女が開いたタイポグラフィの小さなアトリエの案内だった。活字の知識や技術を学びながら、簡易印刷でオリジナルの印刷物をつくり、ときどき展覧会もするという内容である。旧市街は中世のままという村の人々が、そんな企画に集まるのかと思ったが、ともかく元気なようだった。アトリエの名前にはびっくりしたが。

マンドラゴラ。中世のヨーロッパにつたわる想像上の植物、人間のかたちをした根を引き抜くと悲鳴をあげ、それを聞いた人間は急死するという化物である。魔法使いの家に植わっていそうな、かくも不気味な植物の名には、それなりの理由があるのだろう。地下的なイメージもそうだが、日常的には使われなくなった古い印刷術の知識を身につけた彼女は、その知識を伝えてゆくために魔女の役柄を選んだのだろうか。いまどき活版に用があるのは、魔女くらいなのか。

しかし久しぶりにパリで再会したときの朗らかな表情は、魔女よりも天使のそれだった。それはね、理由があるのよ、と言う。日曜日にたつ市で、ときどき前をとおりかかったのは蜂蜜売りのスタンドだった。売り子は近郊の村で蜂を飼いながら、ひとりで蜂蜜をつくっている青年。一見孤独な詩人タイプっていうか、人嫌いかと思ったけれど、話してみるとなかなか面白い。蜂蜜つくりもそれなりの歴史があって、蜂の生活を聞いていると、そのあたりの森や野原がちがって見えてくる。もっと知り合いになりたいけれど、毎週蜂蜜ばかり買うわけにはいかないし、かといって他に理由もないし。そこでね、気がついた。蜂蜜の瓶のラベル、ボールペンの手書きじゃイマイチじゃない。だいぶたってからだけど、わたしこういうのにぴったりのものをつくれるんだけどって言ってみたわけ。ちょっと勇気がいったけど。

しばらくたったある日の朝、新ラベルの瓶が籠に入れられて、彼女の家にとどけられた。ブランド名を聞くのは忘れたが、それは香しく甘いものらしい。なるほど、活字にはなにか魔法がありそうである。

角川短歌賞と角川俳句賞

藤原龍一郎

晩秋は角川短歌賞と角川俳句賞の季節である。落葉の季節に詩歌の新人が送り出される習慣は、何やら短歌や俳句の世界の現状に対する暗喩になっているのかもしれない。

今年は、角川短歌賞が齋藤芳生という二十八歳の女性、角川俳句賞は津川絵理子という三十九歳の女性が受賞した。それぞれ次のような作品である。

鼻濁音濃く残しいる女子校に高村智恵子も我も通いき　**齋藤芳生**
団塊の世代の構成員として父はサボテンの棘を育てる

夜通しの嵐のあとの子規忌かな
長き夜を滅びへローマ帝国史
津川絵理子

入選作品はこれらなのだが、私が興味をひかれたのは、角川短歌賞の佳作の岩田憲生と角川俳句賞の候補作品となった石倉夏生の二人の作品だった。

岩田憲生は私にとってはきわめて懐かしい名前である。昭和二十二年生れ、今年は還暦になるのだろう。塚本邦雄が創刊した「玲瓏」に所属している。

岩田憲生の名前を初めて知ったのは、一九七三年に三一書房の現代短歌大系が募集した新人賞の最終候補作家としてである。この伝説的な新人賞は、中井英夫、塚本邦雄、大岡信の三人が選者で、入選は石井龍彦の「七竈」。「冥府から釈迢空と三島由紀夫が相談して送ってよこしたよう」と中井英夫に絶賛された傑作だった。

岩田憲生は入選は逸したが、参考作品として「岬日記」と題された四十首が掲載されている。

いもうとは蟹煮る女になりさがり兄は土星を仰ぐ男に
首枷の鉄ひからせて炎日の瓦礫の街へわれ売りにゆく
「高キ高キ空ニテ滅ブ鳥アリ」と電文届く新緑の候

このような作品で、私は印象深く読んだ。この時の岩田は二十六歳だった。その後、昭和六十年に、沖積舎から『岩田憲生歌集』が刊行される。

殉教の何に憑かれて天正の空澄みわたり少年使節
失へる故郷を秋の空に見つ雲は鱸のかたちに群れて
片肢をかけて空中ぶらんこに逆しまに見る地上の夜火事

一首目は天正遣欧使節をテーマとした連作中の一首。他にも芭蕉の生涯を歌でたどり、杜国との対話劇を内包した大連作等々、前衛短歌的な美学が貫かれた歌が並び、当時も今も私には快い刺激を与えてくれる。

そして今年の角川短歌賞応募作「火の姉水の弟」では次のような作品を読むことができる。

大正二年の西東三鬼「十三歳　日夜放心」と年譜にしるす
それぞれに反芻《にれが》む夢の紺ふかし哲久の能登、佐美雄の大和
ここにひとりの初老の男さまよへり柄澤齋の迷路の街を
詩はすでに死せり夕日よアデン発彼の手紙を読むにつけても
領収書押すに不届きなる本屋　克衛詩集を下敷きにして

年齢が深まることで、エスプリに満ちた諧謔が魅力となって輝いている。

いずれにせよ、還暦を迎えての、角川短歌賞への挑戦は、みごとな衿持であり、心から敬意を表したい。ちなみに高野公彦、河野裕子、小池光、俵万智という四人の選考委員の中で、岩田憲生を推したのは小池光だけであった。

角川俳句賞の参考作品となった「光景」の作者は石倉夏生、昭和十六年生れということなので、六十六歳。俳人としては、決して高年齢ということではないが、とりあえず、今回の予選通過者三十六人の中では、昭和十年代生れは、石倉夏生一人だけであった。

このような作品である。

一夜にて裸木一夜にて読破
冬の野へ買被りたる犬放つ
凍蝶は蒐め損ねし切手のやう
砂時計底の砂丘も冬に入る
春しぐれ釘箱の釘刺さり合ふ
なにか息づく逃水の水面下
青空を何色と見し羽抜鶏
海上の驟雨地上へ頭上へ来
提灯の内側のやう冬座敷
馬といふ精神の過ぐ枯野かな

こちらは手放しで絶賛と言うわけではないがケレン味たっぷりの句風から、一癖も二癖もある作者像を想像することができる。選考委員は矢島渚男、宇多喜代子、正木ゆう子、長谷川櫂の四氏だが、正木ゆう子、長谷川櫂の両氏が、石倉夏生に点を入れている。掲出句の中では、「一夜にて」の句を正木氏が、「砂時計」と「馬といふ」を長谷川氏が佳句として評価している。

「一夜にて」の句は、この「光景」五十句の巻頭句なのだが、私は強烈な既視感覚に襲われてしまった。

一夜にて白髪百夜にて晩夏

実はこれは私の句で、句集『貴腐』の中の「憑依論」という一連に入っている。対句用法の一つのパターンだから、類句ということにはあたらないが、要は思考のパターンや言葉の配合の好みが、私と似ているということだろう。だからこそ、私が石倉夏生の句に魅力を感じてしまうというわけだ。

引かなかった句にも「**躰から誰か立ちさる**」とか「**致死量の笑ひ**」とか、私自身がいかにも使ってしまいそうな修辞が散見する。よくよく、感受性の質が似ているようだ。

岩田憲生、石倉夏生、この二人の老獪な詩歌作家との出会いを、今年の角川二賞の私の収獲としたい。　了

人体を誰か脱け出す日照草　**『貴腐』**
致死量の月光亡兄の蒼全裸　**『王権神授説』**
共に藤原月彦作品。

露けしや

——マダム・エドワルダに寄せて

閒村俊一

有體に龜鳴き四谷三丁目

どうやらもかうやらもなし水溫む

下根岸に轉居　雨華庵近ければ

うぐひすや下戸にもゆるせ晝の酒

酒井抱一上人所緣石稻荷大明神

初午やこんと鳴いたる御新造

曉《あかとき》の夢に入り來や蜆賣り

蜃氣樓なんぞも吐きて姉壯健

土手柳さても春信寫しかな

春惜しむ頤《おとがひ》なぞる指のはら

麻布十番まつ勘

ひかり物好きは死ぬまで春暮るゝ

はつ夏の尿《ゆばり》満たせし袋哉

マダム・エドワルダの膀胱明易し

シュルレアリスム宣言ぞろり心太

くちなはとくちなはむすぶ遊びせむ

別れ來てての ひら螢臭きこと

靈の父歸る蠅取リボンの家

ビンラディン遙けきものに水馬《みづすまし》

じつと見てゐしがやつぱり蠅叩

秋立つや電話ボックス異界めく

花巻イーハトーブ館にて作品展鉛筆のジョバンニ

少年二人失踪烏瓜の花

長き夜の練習問題解けザネリ

銀漢にそのかみ失せし靴片足《かたし》

露けしや又従姉妹《またいとこ》メタボリック症候群

西日中電信柱のうしろの叔父《ファントマ》

鳥渡るうがひ薬のほろ苦く

破《や》れ椀の飯粒涸《から》ぶ野分中

秋もはや空氣女の戀窄《すぼ》む

天のがはぶちまけられし雜魚《ざこ》の腸《わた》

龍泉を離れぬ女冬の雨

水洟や贋作坊ちゃん續篇草稿

四疊半たゝみの下の枯野の父

業深きもの年增女のとろゝ汁

竹馬の男らそよぐ昭和盡

第一句集鶴の鬱成りて

初観音うつ〱に聞く鶴の聲

瓶、その他

瀧 克則

瓶

陽の光を受けてガラスの瓶がその色を際立たせている　つい数時間前には夜の裡に潜む闇のなかで　それは不在への閾を往き来していた　ときおり漏れ来る小さな光にかすかな水音が調和する　夜明け前の白みゆく窓辺でそれは冷ややかな単色を現していた　経過する時につれて閾値にはばまれ　それは彩りを加えせり出してくる　まだ薄暗い天井から首のない鶏が逆さに吊され　最後の一滴をいましがた瓶の中に落とした

息

空き家と聞いていた　傾いた板塀に続く小さな門は鎖で巻かれていた　誰かが手入れをしているのか雑草などは目立たない　ふと二階の窓が開いているのに気がついた　色の白い娘が窓越しに覗いている　いつのまにいたのか幼い少女が庭先から風車を差しのばした　上の娘はそれにむかって　ふっと息を吹きかけた

畳

足裏に冷たい畳の感触が直につたわる　その部屋の住人はもう戻ることが出来なかった　人のいなくなった部屋は空気の動きがなくそれでも何かの気配がかすかに残っている　畳を踏むと同時に足の裏から踏み返すような感触が返ってくる　電灯から垂らしたひもが揺

れている　寝室にはまだ寝間の用意が残され
ていた　ふと足に冷たい物を感じた　足裏に
ヘアピンが張りついていた

聖家族

これからの数篇は歌い継がれた記憶の重ね書きとして放たれる。

季村敏夫

アピ、火の森

あれがやって来た。やって来たあれに取りかこまれた。ああ、在れとふるえた。

殲滅せよ。大風が舞いあがった。瞬間、列島の猿は一様に発情し、欲動のままに狂いはじめた。殺《や》れ、さもないと殺られる、あれは、執拗に指令を発した。

*

一本の電話で、世界が砕けた。告げられたひとことから、隠れていたあれが現われ、この世はたちまち戦場となった。

だが衰えるわけにはいかなかった。横たわり、夜の蝉に額づいた。煽られる息子よ、息の子よ。

さもあらじと、夏雲があわ立つ。四方八方、身元不明の位牌ばかり。ささげ持たれた位牌があふれ、うつむいてメールが打電される。

「一天にはかにかき曇り、最後の星も消え失せ、忽ち名状すべからざる音響を発して、いづこの隅よりとなく大風が起こつた」、今朝も杢太郎「満州通信」に目を通し、納豆をかきまぜている。

＊

北支から南方、アピの森、ゼッセルトンの収容所で、獰猛な植物群に囲まれた父が踊る。踊りながら、みるみる収縮し、しずくとなる。しずくとなって、森に飛び散る。

そのとき、瞬間の魔に取りかこまれた猿の一群がいっせいに森のなかで目覚めた。ことごとく殲滅せよ。木の葉一枚まで目覚めた。アピ、またの名は火、さまよえば二度と戻れない、土地のひとびとがおそれる火の森のなかへ、猿の一群は突き進んだ。

しずくがしずくを呼び、次第に膨らみはじめ、集結してひかりになる。息から息、それから六十余年後の逢魔が刻、アピ、火の森を、帰らねばならぬといそぐ影があった。お前はここの住民ではない、逃亡せよ、一刻もはやく、疾走する影は燃えた。

＊

一声。大音響を発してやって来たあれが、一瞬のうちに過ぎて行く。ああ、在れという響き、あれはなんだったのか。ひとつのことばに打たれることはもうないのかもしれないと、うたた寝から目覚め、ないてしまう。夏、雲、さまざまなかたちで漂流していたが、なにものこさず、そら、あおく、一切合財、消えている。

夢の水脈

枕もとに一艘、舟が近づき、霧笛を鳴らした。家に波。海峡を見おろす庭に鳥が舞い、梢をゆらし降りていった。

電話があった。「ひたすら逃れました。町は死骸であふれていましたが、なぜか空は透き通っていました」。父の葬儀が済み、ほっとしていたひとときだった。「海峡にさしかかった瞬間、外地のことは、貨物船から棄てていました」。戦友だったという声。舟を漕ぐひとは、もうこの世にはいない。

夢のなか、海を背にする。のぼりつめても向こう、坂道が光り、うねるように迫る。風にまかせ、ここから先は、舞うように泳げばいい、そうおもうのだが、立ち止まったそこで、あえいだ。坂を転がり落ちるものに、逆らえない。だからなのか、たどりつけなかったひとびとのために置かれた石が、樹木の下で小さく埋もれ、潮風にさらされている。

日は遠く、光は近く、うねる草。這いつくばう石。天空からそそがれるものに撃たれている。もう少し、というおもいで歩むと、境を越えてくるもの、だれか、別の、足音がまじるような気がする。ふりかえれば、死者に結ばれる海、海の光に照射され、目覚める。

ただよう舟。夢の潮騒、このまま、とざされることをねがっているのかもしれない。

「そうですか、あなたが息子さんですか」。道をあがり、下っていく声。「今日、駆けつけることができませんでした。お父さんに、もう一度会いたかった」。枕もとから一艘、舟が遠ざかる。

資料室で

ほのかに香る庭園。あたり一面、目に見えないしぶき。ハミングするのはだれ、だれの記憶なのか。

そんなとき、あれがやって来た。やって来たあれは、いつともなく立ちはだかった。

生まれる前、形のないそよぎだったとき、みずをそそぐひとの頭上を、蜜蜂とともにまわっていたとき、海を渡った他国で、おそろしいことがあったとする。山あいで狙いをさだめていた一団が、猿の悲鳴とともに突入、ありとある土の恵みを略奪、鶏と鵞鳥を絞め殺し、火を放って、立ち去ったとする。

一斉砲撃のあとの、まぐわい。たったいま起したことを忘れるため、そこかしこ、猛り狂った欲情がはなたれる。神武綏靖安寧懿徳、なされるがまま、突かれる。突き上げるものから逃れられず、神武綏靖安寧懿徳、すべての陽根は呪われよと、犯されるまま、無言の歌を発している。

焼きはらわれたあとに、猿の仮面が落ちていた。やがて草が生え、生臭い臭いを覆いつくし、草は茂っていく。あれがやって来た。やって来たあれは、神武綏靖安寧懿徳、声となって迫った。

*

資料室の外は庭園。みずをそそぐひとの姿は見えないが、窓ガラスに小さく、飛沫がぶつかる。こびりつく脳漿。手に取った資料から、飛び散るものがある。収集された一枚いちまいをめくるとき、舞いあがるものがある。「ここには、難民生活を強いられた民間人の資料の一部が保存されています。逃げ惑う声、軀が潰れる音、その臭い、このような光景がなぜ地上に舞いくだったのか、資料の解読は廃棄物の収集分別作業と同じです。汚物を掻きまわすとき、なにを浴びることになるのか。」

資料室でのレクチャー。猿の仮面を被って突入した兵士。襲いかかる兵士を背に敗走、橋を爆破、泣きわめく声を踏みにじり、土煙を巻きあげて南へ向かう一群に、もしも父がいたなら、私が生まれる前の父が、戦友たちとともに混じっていたなら、資料を読む私は、そのことを受け入れることができるだろうか。呪われた身を渡り舟にゆだね、やがて北上川源流に現われ、私の母、ちょうど疎開していた十九のむすめと遭遇していたとするなら、川面にうつる獣の姿におののいていたのはだれなのか。

ほのかに香る庭園。あたり一面、目に見えないしぶき。ハミングするのはだれの記憶なのか。

手枕

枕だけは手離すまいと、夢のなかを漂流していた。イルミネーションとおもっていたものが樹上の鳥であったり、突然のアラームが、波音に混じる獣の咆哮だったりした。そのとき、カーテンがゆれ、足音が近づく。かつて読んだことのある兵士の足音、ジャングルを進む足音が、不眠症に苦しむお前の胸や、そんなお前をどうすることもできないと手をあわせたまま眠ってしまった私の胸に迫る。こんな時間、なぜ歩まねばならないのか。行軍の命令を発したものは確かに居るはずなのだが、もはや歩くという意識すら消えうせ、目の前から消えてしまった俤を、ひたすら迫っている息はいまもつづいているような気がしてならない。この瞬間、生まれたばかりのお前の赤ん坊の息がもたらされる。ありえないことだが、おもわず私は、胸に手を当ててしまう。するとまた息が放たれる。遠くに居るはずお前と、とうの昔に死んだはずの兵士の息が重なる。部屋のなかで、他者の息がからみあって舞っている。

カーテンから近づく音。あれはスリッパの神。なにかを背負い、重みにたえていることも忘れ、あてどなく歩きつづけているスリッパの神さまだとおもう。いま休息が必要なお前の寝床にも、死んでしまったひとの、生きていたときの息に包まれた足音が現れているだろう。その息の波に、私の眠りも割りこみ、「枕な投げそ、投げそ枕」、両の手で追いながら漂っている。

父ありき

川のほとりの、古本屋で働いていた。古本屋には、自転車で通った。毎朝、堤防の風に吹かれた。風におされ、沈みこむような日々だった。

川向こうのバリケード。友人たちの火照りから、遠ざかった。見切っていた。風を切った。切り裂かれ、だれにも告げず、引越しを繰り返した。古い本に囲まれ、古いにおいを吸いながら、このまま消えてしまいたい、そうねがっていた。

だれもが外に向かったとき、なぜ隠遁のようなことをおもいついたのか。ある日、押入れにしまいこまれた本を売り払ったあと、空になった暗闇を見つめ、古本屋は、父が連れて行ってくれた最初の場所だったと気づいた。*

中学一年の秋。盛岡の従姉が修学旅行で京都まで来た。省線で行こう、父に連れられ、私は国鉄に乗り、神戸から向かった。姪と語りあってから、父は豊臣秀次公乃墓と刻まれた石を指差し、昔ここで、むごいことがあったとつぶやいた。だがほんとうは、なにも語ってはいない。いきなり三条河原で放尿する父、風のなかに差し込まれた背中が浮かんでいた。

そのあと、高瀬川を横切り、父はつかつかと古本屋に入り、棚から一冊、『濹東綺譚』を抜き出し、奥にひそむ親父と話しこんだ。そのときの背中も、よくおぼえている。店に充満していた古本のにおい、裸電球に照らされた「濹」という不思議な文字。

「濹」は江戸の町を流れる川だと数年後に知ったが、川向こうでひっそりと暮らす人びとにひかれる作者が、とある古本屋をたずね、積みあげられた和綴じの雑誌を手にしたときの、なんといったらよいのか、埃のなかに吸いこまれるような感覚。

あっとおもった。古いもの、父なるものは打ち倒すのだと、空が燃えあがっていた。川を隔てていたので、遠い歓声だったが、背骨のない虫、虫が這いずりまわる店の奥にも確実に届けられた。

*昭和五十年、大きな風呂敷を携えた後藤昭夫氏に荷風と潤一郎の初版本の処分を依頼した。明治四十三年創業の後藤書店はこのほど幕を下ろした。

逆髪

黒装束のあれは、武装した一団だった。周囲を飾るのは、奇声を発しながら足踏みをくりかえす道化師たち。極端に背の低い、森に棲むひとびとだった。

突風が舞った。髪が巻き上げられ、地の上で波打った。すべての頭髪はさかしまにゆらぎ、天空へと突き立った。

いきなりテーブルがひっくり返った。目の前の数人を追い払わねばと、椅子もろとも、テーブルは蹴りあげられ、髪の火に包まれた影が、ドアから飛び出していった。

皮膚は破れ、肉が吹き、蔓状の植物群に刺されながら、森の道へと繋がっていった。

鋳剣

なんという呻き。けたたましい笑い声のようでもある。森の王、これが草の剣なのか、首が刎ねられる。灰がふりしきる。水煙があがる。空中に舌が踊る。串刺しにされた首を前に突き出し、もう一つの首が傾いて走る。おう。あお、おあ。落ちた首と、走る首がにらみあって交尾する。蛇が蛇を飲みこむように、剝き出しになった歯で噛み、からみあい、刎ねられた首、はみ出した無数の舌が回転する。

黙狂

熱球が農婦を犯す。熱球が子どもたちをきり裂く。熱球が草原を焼き払う。熱球が豪雨のなかで回転する。ありとある音を集め、球体のなかに封じこめる。

そのとき、歌は始まる。帰りたい、一刻もはやく記憶の王のもとに戻らねば。おう、あお、おあ、生まれて死に、死んでまた生まれかわる。ぞろぞろどろどろ、蛆とともに這い出る一瞬、森の記憶は脱落する。おとう、お父《とう》、記憶をなくした雫として放擲されたとき、歌が起こる。歌は滾る。道化師たちの蟬の合唱に包まれる。

高村光太郎における〈他者〉Ⅰ

笠原芳光

高村光太郎が、その生涯において確固たる自己を形成することができたのは、その時々における、強烈な〈他者〉との遭遇、そして関係によるものであった。

それらの〈他者〉とはなにか。父親、フランス、智恵子、戦争、である。そのあと敗戦後、光太郎の人生と創作に、それまでのようには、見るべきものが無かったとすれば、それは〈他者〉を喪失した、あるいはあらたな〈他者〉が出現しなかったからではないだろうか。

およそ他者とは自己と密接に関係する存在である。そして自己とは単なる個的なもの、一個のものではない。「父母未生以前の本来の自己とはなにか」という難問が禅の公案にあるが、本来の自己というものにしても、そして現実の自己自身にしても、それは自己ならざるものとのかかわりにおいて、自己というものがあるということを示しているのではないか。

周知のようにマルチン・ブーバーは「我と汝」ということを説いた。そして「我」と「汝」と「それ」は三つの根源語であり、そのなかでも「我と汝」の関係がもっとも重要であるとして、とくに「汝」には「永遠の汝」という概念を、その背後に付与している。それはあくまでブーバーらしい宗教的思考であるとしても、自己が根源的な意味では他者との関係において成立し、また作動するということを否定することはできないだろう。

また近世のルネ・デカルトは『方法叙説』において、「われ思う、ゆえにわれ在り」とのべて、近代思想の始発とされた。個人主義、ヒューマニズム、あるいはエゴイズムといった問題はそこから始まったといってよい。そして、そのことが批判され、再考されるようになったところから、現代思想は始まったのである。

高村光太郎はそのように近代から現代へ思想の推移する時代を生きた人物ではあったが、その問題をとくに考究することはなかった。しかし、たまたまというべきか、大いなる存在であった人物を父親とし、そして先進的な文化国家フランスに留学し、以後、長沼智恵子と出会い、結婚し、やがてその病苦に巻き込まれ、彼女の死後、始まった大戦に熱中し、やがて敗戦によって挫折を痛感した。正であれ、負であれ、そのようにさまざまな〈他者〉とのかかわりによって、自己を形成し、創作を発表した存在である。

　このような問題をここでとりあげて考察したい。高村光太郎の強烈な個性が、〈他者〉ともいうべき人物、空間、事件に媒介され、触発されて出現したことを明らかにするために。

父親との関係

　高村光太郎は一八八三年（明治十六年）三月十三日、当時の東京市下谷区西町に木彫家高村光雲と旧姓金谷わかの長男として生まれた。光太郎という名は正式には「みつたろう」と読む。父は本名中島幸吉、木彫家高村東雲の弟子で、のち養子となって光雲と称し、家の表札には「神仏人像彫刻師一東斎光雲」と記されていた。のち皇居前の楠公像や上野の西郷隆盛像を制作、東京美術学校教授となったが、光太郎の生まれた頃は経済的に苦しい状態であった。

　第二次大戦後に光太郎の記した「父との関係」によると、父親は「仕事のことにかけてはどんな権力にも負けない職人気質の一徹さがあると同時に、世間的の栄誉にかけてはひどく敏感であり、自己の帝室技芸員従三位勲二等といふやうな肩書を大層大事にして、彫刻の箱書に一々それを書くといふ町人根性を持つてゐた。」、また「自分よりも上位のものや官僚に対しては卑屈なほどであつた代りに、家庭にあつてはまつたくワンマンであつた。母も父には絶対に服従してゐたし、又本当に父はえらいと思ひこんでゐた。」

　この父親を光太郎はだれよりも尊敬して、「小学校から予備校にかけての幼少時代、少年時代には、私は父を絶対に崇拝してゐた。父以上の人を考へられなかつた。その一言一句は皆金科玉条であつた」という。光太郎にとって父親は最初の他者であり、この強烈な〈他者〉との関係によって幼少期の自己を形成していったのである。

　もっとも、この父親像は三男であった弟の豊周《とよちか》によると、すこし違っている。のち鋳金家となった高村豊周の『光太郎回想』によると、「父はもともと子供にはまるでかまわず、朝飯がすむとすぐ細工場に入り、仕事に熱中しているだけで、晩まで出て来ない。細工場というのは今のアトリエの事で、アトリエといった言葉がいつの頃から使われるようになったかよく知らぬが当時は制作場をすべて細工場と言っていた。ランプの下の夕食がすむと父はすぐ寝てしまう。子供との交渉などはまるで無い。そんな父に代って、兄は僕達の勉強を非常に重大に考え、中学に入ってからの予習、復習を一切引受けて見てくれた。兄は兄であると同時にまた父でもあった。」

　光太郎にとっての厳然とした父親像は、彼自身の父性的性格が反射的に投影されたものであったと言えるのではないか。のちに外遊からの帰途、告げられた父親の言葉によって、以後、父親に徹底的に反抗するようになったことも、それまでの絶対的な尊敬に対する自己自身への逆照射であったと思われる。

　その反抗をもたらしたのは、「父との関係」によると、このような出来事であった。光太郎がフランス遊学から帰国して、神戸から上京する汽車のなかで、父親はこう言った。「弟子たちとも話し合つたんだが、ひとつどうだろう。銅像会社といふやうなものを作つて、お前をまんなかにして、弟子たちにもそれぞれ腕をふるはせて、手びろく、銅像の仕事をやつたら、なかなか見込みがあると思ふが、よく考へてごらん。」「私はがんと頭をなぐられたやうな気がして、ろくに返事も出来ず、うやむやにしてしまつた。何だが悲しいやうな戸惑を感じて、あまり口が利けなくなつた。」

この一言が尊敬から反抗への逆転をもたらした。そして文展へは出品せず、勢力家を訪問せず、パトロンを求めず、道具屋の世話を拒絶し、美術学校教授を引受けず、ことごとく父親に反抗し、パンの会の連中とともに酒と女性の頽廃生活にふけるようになる。

豊周の『光太郎回想』によると、光太郎は帰国直後に、徴兵検査を受けた。健康で体格もよく、当然、甲種合格のはずだが、丙種とされて徴兵を免除されたという。検査後、検査官が「森閣下によろしく」と言ったというのである。これは光太郎の詩才を評価していた与謝野鉄幹が、当時軍医総監であった森鷗外に徴兵を免除するよう頼んだらしい、ということがあとで判った。そして父親もひそかに喜んだという。

光太郎のほうでも、父親への反抗とはいえ、光雲の芸術に渝らぬ敬意を抱いていたというから、弟から見た兄の父親像はかなり主観的であり、その反抗は自己自身に向けられた要素もあったということだろうか。〈他者〉と〈自己〉とは、その関係のありかたに相互性、共通性がある。そして、このことは、このあとにのべる問題にも通じるところがあった。

フランスという〈他者〉

光太郎は一九〇六年（明治三十九年）二月に、横浜から海路、アメリカ合衆国に渡り、アカデミー・オブ・デザインに留学、彫刻を学ぶ。翌年五月、英国に渡り、ロンドンの画学校に入り、陶芸家のバーナード・リーチや荻原守衛とも交流する。さらにつぎの年の六月、憧れのパリに行き、かつてR・M・リルケが住んでいたというモンパルナスのアトリエを借りる。

すでに青年時代から詩歌誌「明星」に篁《たかむら》砕雨の筆名で短歌を投稿していた光太郎は、パリでボードレールやヴェルレーヌを熟読し、詩心を培っていた。さきに引いた「父との関係」にはこう記している。

「パリで私は完全に大人になつた。考へることをおぼえ、仕事することをおぼえ、当時の世界の最新に属する知識に養はれ、酒を知り、女をも知り、解放された庶民の生活を知つた。そしてただもつと安心して、底の底から勉強したかつた。」

そのパリで光太郎が出会った強烈な〈他者〉を二つあげるとすれば、壮大な建造物と偉大な彫刻家、すなわちノートルダム・ド・パリの聖堂とオーギュスト・ロダンである。当時、日本の若い知識人の多くは文明開化の精神であるキリスト教に心惹かれていた。光太郎はとくにこの聖堂にひじょうな感動を覚えた。「雨にうたるるカテドラル」の数節、おゝ又吹きつのるあめかぜ。
外套の襟を立てて横しぶきのこの雨にぬれながら、
あなたを見上げてゐるのはわたくしです。
毎日一度はきつとここへ来るわたくしです。
あの日本人です。

ただわたくしは
今日も此処に立つて、
ノオトルダム　ド　パリのカテドラル、
あなたを見上げたいばかりにぬれて来ました、
あなたにさはりたいばかりに、
あなたの石のはだに人しれず接吻したいばかりに。

今此処で、
あなたの角石に両手をあてて熱い頬《ほ》を
あなたのはだにぴつたり寄せかけてゐる者をぶしつけとお思
　ひ下さいますな。
酔へる者なるわたくしです。
あの日本人です。

このような建造物へのあからさまな裸形の接触、率直な精神の吐露は、光太郎における第二の〈他者〉への関与、そしてそれによってつくられたあらたなる〈自己〉の表出であった。そしてそれは続いてひとりの人物への傾倒にあらわれる。オーギュスト・ロダンとの出会いである。

　光太郎はパリで荻原守衛とともにロダンの家を訪ねると、ロダンは留守で、アトリエに通されて待つように夫人にいわれる。その床にはデッサンされた紙が四散していた。それを見ているうちに体が震えてきて、いたたまれなくなり、早々に引揚げたという。帰国後、多くの示唆に富んだ『ロダンの言葉』を翻訳したが、ロダンへの傾倒がもっともよく表現されているのは、詩「後庭のロダン」である。その後半。

ロダンはもう何も見ない、何も聞かない。
虚無の深さを誰が知ろう。
不思議に生涯の起伏は影を消して、
黙りかへつた三千年の大道があるばかり。
まるでちがつた国のちがつたにほひ。
そのくせ何の矛盾も無い母の懐《ふところ》、
父の顔、やさしい姉のひそやかな接吻、
ロオズ　ブウレエ、クロオデル、クラデル、花子。
黒薔薇のやうな永遠の愛のほのめき。
脱落の境にうかぶ輪郭の明滅。
凹凸を絶した
造形。
無韻に徹した
空《くう》。

ぐらぐらと目まひがすると、
ロダンははつと気がついた。
たそがれ時のオテルビロンの階段を
両手をうしろにして庭から昇る彼の顔に。
ああ何といふ素朴な飛躍。

—さうして私は本を閉ぢた。
しんかんとした駒込千駄木林町へ、
霜を狩る黄鐘調《わうじきてう》の午前二時が鳴りわたる。

ノートルダム・ド・パリとオーギュスト・ロダン。建築と人物の二つの像に代表され、象徴されるフランス文化、そしてパリの市街。それこそが成人となりつつあった光太郎を衝撃し、育成した〈他者〉であった。

それは、それまで日本の、それも江戸文化を継承してきた父親という地続きの存在に心底から傾倒してきた光太郎にとって、フランス文化はまったく他なる存在であった。わずか九箇月のパリ滞在ではあったけれども、西洋文化の精髄ともいうべきものを体得したのである。日本に帰国して以後、この人の本来の仕事であり、創作である彫刻、そして詩作が深化し、発展したのも、このまったく異なる、他なる空間と時間の影響、そして感化によるといわねばならない。

ここで、光太郎と宗教の関係について考えておきたい。およそ特定の宗教を信じたり、関心を抱いたりはしなかったと思われているこの人であるけれども、「父との関係」のなかには、このような言葉が記されている。父も母も民間信仰のようなものに対するおもいはあったと述べたあと、こう言う。

「私はさすがにさういふ事からだんだん脱却し、それと同時に真実の宗教を求めて苦悶した。一時は田中智学の法華経に熱中して本門寺の説教に通つたり、一時は峨山和尚の臨済禅に傾倒してからたち寺の提唱に耳を傾けたり、又キリスト教に心をひかれて植村正久の家を訪ねたりした。しかしどうしても宗徒になることが出来ず、心を痛めながら青年の彷徨《はうくわう》をひとりで重ねてゐた。」

往時の真剣に生きようとした知識人には、このような人が少なくなかったと思われる。だが、光太郎において、つぎにあげる問題はかなり重要な意味を含んでいるのではないだろうか。

光太郎が知友の画家柳敬助に宛てた一九一六年（大正五年）十二月二十日と推定される手紙の一節。「余程以前に君から新井奥邃翁の『読者読』の一篇を恵まれた事がありました　それから後僕は此の黒い小さな書を常に身辺に置いて殆と（ママ）何百回か読み返しました　そして此頃になつてだんだん本当に翁の言葉が少しづゝ解つて来た様に思はれます　其は意味が解つたといふので無しに僕の内の望む処と翁の言とがますます鏡に合せる程一致して来たのを感ずる様になつたのです　それで尚更愛読して自分の勇気をやしなはれてゐます　此事を君に感謝します　翁の言を集めた書が其後印行された事がありますか　若しあつたら其もいつか読みたいと思つてゐます　かういふ書はくり返し読めばよむ程尽きぬ味が出て来ます　僕も自分の内のものを本当の意味で表現出来るやうになつて来つゝあるのを感じます　どうかして此の天然を傷けずに育てたいと思つてゐます」

新井奥邃とはだれか。幕末から大正後期の人で、仙台出身の儒者であったが、米国においてトマス・レイク・ハリスの新生兄弟社に学び、神は男女であり、父母であるという特異なキリスト教思想を体得して帰国、東京巣鴨に謙和舎という寮をつくり、青年を集めて独自の教育を行った人物である。

光太郎が難解の書『読者読』を何百回も読んだということは、奥邃のいう教義や教団を否定したキリスト教、宗教ならざる宗教に惹かれていたことを示している。光太郎の求道心はここにひとつの拠点を見出していた、といってもよいのではないだろうか。

光太郎がさきに「父への関心」のなかで、自らの宗教遍歴に触れながら奥邃に言及しなかったのは、それをいわゆる「宗教ならざるもの」と思っていたからではないだろうか。そして、その「宗教ならざるなにものか」こそ、光太郎の求めていたものであったのではないか。

一九四二年八月一四日
——私のいちばん不幸な日

イツハク・カツェネルソン　細見和之＝訳

暗い部屋の荒んだ四つの壁のあいだに
私は侵入する、両手をきつくもみしだきながら

ハナ！　お前はいない、私の息子たちもいない
いない……彼らの姿はもうない、気配すらもない

ハナ！　驚いて私は名前を呼ぶ
ついさっき私はここで彼らと別れたのだ、ついさっき！

ここに彼らはいたのだ！　何てことだ、何という不幸だ！
暗い部屋がさらにいっそう暗くなる

闇に包まれた棲み家がますますいっそう闇を濃くする——
誰もいない部屋——それでいて、誰か私の傍らに立っている者
……

大いなる不幸が私の傍らで育ってゆく
絶え間なくこの空漠から、それは大きく育ってゆく……

ハナ！　私のハナ！　私のたったひとりのお前！
どこにいるのか教えておくれ、私のヘネレ（1）、お前はどこに
いる？

ベンーツィオンはどこにいる？　ベンヤミンケ（2）は？　ああ
……

私の二人の子どもたちはどこにいる？

甘い痛みのなかで、お前は私に彼らを与えてくれた——
ベンーツィオンはどこだ？　ベンヤミンはどこだ？

彼らの明るい目は？　彼らの素晴らしい顔は？
おお、私の気高い者たち、奴らはお前たちを引き摺っていっ
た！

奴らはお前たちを駆り立て、痛みの中へと追い立てた
ノヴォリピエ通り（3）の外からノヴォリピエ通りの中へと
そしてウムシュラーク（4）へ！　ウムシュラークへとお前たち

は引き摺ってゆかれた
他の何千人もの人々とともに——何ということだ、何という不
幸だ！
ドイツ人よ、ドイツ人よ！　おぞましい民族のおぞましい息子
たちよ……
私に教えろ、彼らはどこに運ばれたのか
奴らはお前たちを力ずくで引き摺っていった、力ずくで、力ず
くで
お前たちは草原にいるのか、森にいるのか？
お前たちは生きているのか？　おお、私の息子たち……ハナ
……お前たちは生きている！
私は知っている、お前たちはますます気高くなったのだ
あの屑どもに試練にかけられればかけられるほど！
奴らはお前たちを、残酷に荒々しく引き摺っていった……
私は知っている、お前たちはますます美しく、純粋になったの
だ——
あの人殺しどもドイツ人に辱めを受ければ受けるほど！
奴らはお前たちを引き摺っていった！……ハナ、言ってくれ、
どこへだ？

昼にも夜にも、私は安らぐことができない……
私の中で何かが止まった——止まれ！　と
それでいて何かが私を駆り立てる、駆り立てる、下り坂をどん
どんと
私は物思いに耽っているのか？　私の意識ははっきりしている
のか？
歩くときに私は体を揺すぶってみる、前に後ろに
強く体を揺すぶると、お前のことが分かるのだ、わが子よ！
ハナ！　なぜだ、どんな罪のせいだ？
二千年も前のことだ
お前にとてもよく似たユダヤ人の娘が
彼らに、異教徒《ゴイ》たちに、一人の神を産み落とした(5)、お前は
——ああ……
彼らに二人を、二人の神を彼らに産み落としたのだ！
私の二人の男の子を、おお、私のヘネレ
お前たちは彼と同じ体験をした、彼の苦しみと同じ道を歩んだ
……
お前たちは彼と同じ悲しみの道を三人で歩んでいった——

一九四二年八月一四日

ピラトよ！　お前が一人のユダヤ人にしたことを
ドイツ人はユダヤの民すべてに行なったのだ！
お前の墓から起き上がり、ドイツ人の成功を祈るがいい！
お前は泣き喚いている……目を凝らし、私たちのことで泣いている……どうした！
そうだ、そうだ、お前はただのローマ人で、ドイツ人ではないのだ！
道にいる異教徒《ゴイ》たち——彼らはじっと見つめ、泣いている……
私が泣いてほしいのは聖母、お前だけだ、お前だけ
お前は泣いていない……私は知っている、お前はめったに涙を流さない
よほどのことでもお前は涙をこぼさない——
私のヘネレ、涙を流すな、流すんじゃない！
私をしっかりと見つめ、そしてよりよく泣いてくれ、泣いてくれ……
私よりもお前にはたやすいことのはずだ、お前は、お前は
私たちの二人の息子とともにいるのだから！——ああ、分かるだろう

私は一人の息子とだけ取り残されたのだ、ツヴィ(6)とともに……
私は彼にも願っている、泣け、泣け、泣いてくれと……
彼は泣かない……やっぱりお前に似ているんだ！
彼は頭を下にむけて……私の顔を見ようとしない……
彼は、ツヴィは、私の言うことをきかない、私が願っても、叫んでも——
お前たちはもっと楽しくしているだろう——三人一緒なのだから！
いや、三人じゃない、三人じゃない！　お前たちは世界そのものだ！
お前たちなしで私の天幕は荒れ果ててしまった
天幕は荒れ果てて暗闇で覆われ、引き裂かれてからっぽで
心には苦しみ、胸には痛みが溢れている
私は部屋を歩きまわるが、身を置く場所などどこにもない
ツヴィに何か語りたいのだが、語る言葉が一語もない
私が彼に何か語っても、私も彼もそこにはいない——
語る者もいなければ、聞く者もいないのだ

私は片隅に黙って腰を下ろし、隣にはツヴィが座っている――
そして二人とも、私も――ツヴィももう以前とは違っている
……

彼をちらっと見て、私は恐怖に襲われる
私のツヴィも彼の母とともに連れ去られたのだ！

これはツヴィではない、私の隣に座っているのは――
すぐに――すぐに消えてしまう、ちょっと触れれば……

顔は――彼の顔ではない、声も違う――
彼の影が残っているにすぎない！

私だってそうだ、ここよりもお前のもとにいるのだ
部屋のなかを歩きまわっていても、まるでいないも同然だ……

ハナ！　やっぱりわれわれ全員がお前のもとにいるのだ……
それでいて、愛しいお前、お前はそのことを知らないのだ……

お前たちはきっと楽しいに違いない！
喜びは消え去ったのだから、お前たちとともに、またたく間に

喜びはヨメレのもとにある！　ヨメレの心の中に
ヨメレを真ん中に、ヨメレを真ん中に据えるんだ！

いや、真ん中はお前だ、ヘネレ、お前だ！
そしてお前たちが彼女の周りにいる！　しかしどこだ、どこを
歩いているのだ？

お前たちは歩いているのではない、残酷に引き摺られてゆくの
だ
だからお前たちは悲しげに頭を垂れている……

ベン＝ツィク、お前も頭を垂れているのか？
お前は頭をしっかりと上げて歩くのが好きなのに！

おお、ベンツィクル、私から離れてゆかないでくれ！
やっかいな問題を誰が私のために解決してくれる？

戯曲や歌のなかで、ユダヤ人であれ異教徒《ゴイ》であれ
私が偉大な人物を描くときには……

お前！　お前！　一四歳の私の息子、いつもお前が
私の知恵袋（7）の役割を果たしてくれたのだ！

以前には父がそうだった――そのあとはお前、お前だ
お前が私に教えてくれた……お前たちはどこにゆくのだ、どこ
に？

待ってくれ、そんなに急がないでくれ、足を速めないでくれ

一九四二年八月一四日

私たちはお前たちのあとを追っているのだから、私もツヴィも
……
私たちはお前たちのあと追いかけているんだ！　地の果てまでも
そして、炎と氷の世界に……私たちが投げ込まれるのだとしても

燃えさかる炎の中か、深い川の底で
私たちはお前たちと一緒に殺される、お前たちと一緒に――

しかし私たちは、私たちは、着くのが遅すぎた――
列車は出てしまった、とっくに出て、遠くを、遠くを走っている……

あんなに急いで行かないでくれていたら――
すぐに「ウムシュラーク」でお前たちは私たちと出会えただろうに！

ツヴィも――私も私たち五人の小さい方の半分も
狼どもの口のなかにすっかり呑み込まれていただろうに

奴らはお前たちを連れ出し、大急ぎで駆り立てた――
おお、神よ、もう少し時間があれば、もう少しだけ時間があれば――

お前たちが貨車に詰め込まれることはなかっただろう、そうだ！
お前たちは私たちと同様、狼の牙から引き出されていたことだろう

私たちはお金で地獄からすぐに連れ出されたのだ――
そしてもう一つの地獄――私の暗い棲み家へと戻ったのだ……

私の家で、悲しみにくれて、私はお前たちの姿を見た
それはお前たちの影に過ぎなかったが……

影でも私は大喜びで迎え、祝福の言葉を発しただろう
お前たちのそれぞれの影の傍らに、本物の人間がいたのなら
……

日の光を浴びた、温もりのある人間がいたのなら――
影であるお前たちは暗い、お前たちはあまりに冷たい！

人間がいなければ影は無だ、影と人間は一つのものだ
戻れ、最愛の者たちのもとへ、彼らを放っておくんじゃない……
〔…〕
彼らにはツヴィがいない、彼らには私がいない――
せめて影は彼らの傍らにいるべきだ……

私は影たちに願う、私は影たちに哀れみを呼び起こす、哀れみを――
悲しみにくれる影たち、彼らは立ち去った……
いまでは影たちがお前たちと一緒にいるのが見える――
目は……私の両目は――濡れている……
私には希望が湧いてくる、お前たちは生きている！　そうだ、きっと！
苦い夢だ、しかし私はお前を甘く信じる！
どうか私のためにだけ生きてくれ、聞こえるか、これは私の命令だ！
お前たちは生きている――私はお前たちを見つけてやる、見つけてやる！
夢のなかで、夢のなかでならお前たちを目にすることができる――
夢と現実がそんなに離れていないのもしばしばだ……
私はお前たちをふたたび家に連れ帰る、お前たち三人を
さあ、新しくもう一度私たちの生活を始めよう
お前、ベンツィクル、ヨメク、ツヴィ、それに私――

悪い夢は終わるだろう、煙のように消えてゆくだろう
ふたたび、夕方にはもう私は歩きはじめる
希望をもって足を速め、家路を急ぐのだ
飛ぶように大急ぎで、私は階段を駆け上がる
ドアをノックする――するとお前がドアを開けてくれる――
ハナ！　もう私たちは一緒に腰を下ろしている
部屋は明るく、パンのよい香りがしている
またもやベンーツィクルが地図を描き
ヨムがベンーツィクルをひと押しして、ベンーツィクルから叩き返される
ツヴィが立ち上がって、二人を制する――
私はどちらにつけばいいか分からない、ベンーツィクルかヨムか？
ツヴィが頼りだ、ツヴィは決して間違わない
ツヴィは正しい者の味方だけをするのだから
彼は両方の味方をする、きっと両方を立てるだろう
二人ともが不当な仕打ちを受けたのだから

一九四二年八月一四日

あんなに聖なる母さんといて
どうして三人が鞭打たれることがある、どうして
残酷な男に、鞭をもった運命に、打ち据えられることがある?
それならドイツ人はもう天罰を受けて、鞭打たれているはずだろう!

ドイツ人の妻と子どもも鞭打たれているはずだ——私のハナ
彼女は堕落していない、彼女は暖かい手を私の口にあてる
彼女は私を見つめる、悲しげでもあれば優しくもある瞳で
「彼らを呪わないで、そんなに残酷に、呪わないで……」
「私やあなたの子どものように罰せられるようにと呪わないで——聞いて
いちばん悪いひとたち、いちばん下劣なひとたちに望まないで、この地獄で!」

ハナ、私はお前を見つけるよ、お前を
私の子どもたちも、愛しい子どもたちも、すぐに
目を閉じると私の心が私を導いてくれるだろう
私の心が灯りとなって夜を照らしだすだろう
奴らがお前たちを投げ込んだ夜のなかで

私は泣きながら、お前たちの首を抱きしめる……
そしてお前たちをもう一度家に連れ帰る、喜んでお前たちを
そしてまなざしを暖め、心にふれる言葉を交わそう
私たちの昼間は明るく、夜は安全だ——
悪事を働いた連中のことは語らずにいよう

われわれの民族をあんなに苦しめた奴らのことは語るまい
彼らは過ぎ去った者たち、もう存在しない者たちだ
彼らも私たちと同じになるだろう……——ヘネレ、お前
お前はまたもう私の口を閉ざすのか?
「呪いなさい、彼らを、この世で最悪の者たちを、呪いなさい、呪いなさい
ただ彼らのように乱暴には彼らを扱わないで……」

そう言って——お前は重々しく、悲しげに、頭を垂れる
そして涙をじっとこらえている
ハナ! 明日になれば私はお前に尋ねよう
ドイツ人たちがお前たちに何をしたか、言ってくれるね?
「訊かないで、あなたの妻にも、あなたの息子にも——

おお、神さま、私たちがあのことを忘れることができるなら……
そして、忘れることが死ぬことでないのなら……」
妻よ、新しい生活の光が射して
昔の悪い影を追い払ってゆく……
「それは夢よ!」これは夢なのだ! お前はどこだ? お前の声よ!
お前の声が聞こえる、「それは夢よ!」これは夢なのだ、そうだ、そうだ!
お前はまだいる! お前はまだいるのだろう?
私にはお前たちが見える、寝ているときも、起きているときも
お前たちが吹きさらしの野原に倒れているのが見える
お前たちが身ぐるみ剝がされ、裸で打ち捨てられているのが見える
お前たちの孤独、お前たちの途方もない苦しみが見える
お前たちが見えるかと思うと見えなくなる、お前たちは現れるかと思うと消えてゆく
涙がお前たちの姿をかすませる、涙が私を盲目にするのだ……
そうだ、盲目……ああ、私はたまたま外にいたのだ

あの朝、そして自分の家のことにも盲目だった!
私はそれでも予感していた、そうだ、何かを予感していた
お前たちにあの不幸が襲う前にも……
私は自分を許すことができない……あの朝早くに
ある人から一緒に行くように頼まれたのだ
それで私は棲み家を離れた——そっと外へ出て行った……
それで私には時間がなかった、一秒たりともなかったのだ
お前たちの顔を見る時間、一目見るだけの時間さえ!
私の心を刺す痛み、疼くように刺す痛み——
どうして私はたいした理由もなしに家を離れたのだろう?
息子たちの顔を見ずに、妻の顔も見ずに?
お前の顔を見ていれば、私のハナ、もしもお前の顔を見ていれば——
そうすれば、すべては、すべては違っていただろう!
覚えているかい? 私たちは屋根裏部屋にあがっていた
私たちと子どもたち、私たち五人で……
中庭ではもう笛の音が鞭のように中空を引き裂いていた

一九四二年八月一四日

するとおぞましく甲高いドイツ人の声がした
「全員、降りてこい！」私たちはその声を聞いた
それで私たちは青ざめ微笑みながら、それとは反対のことをした

あいつは降りてこいと言っている――われわれは高く昇ってゆこう！
ヘネレ、私の息子たち、急いで、さあ、急いで、上だ！

屋根裏へ、屋根へ、煙突へ――高く、高く！
さあ、鳥のように舞いあがり、煙のように消えてしまおう……

私たちは屋根裏部屋にあがっていた――覚えているかい？
いちばん暗い場所を私たちは探していた

お前は私と子どもたちに微笑みを贈ってくれた
すると私たちは明るくなった、太陽が東の端から現われるときに

地上が明るく照らし出されるように
私たちは体を寄せ合って座っていた

一緒に黙って、一言も語らずに――
ごらん、屋根裏部屋に夜が訪れる、けれども夜明けだ！

夜だけれども、同時に明るい夜明けが訪れる
私たちは座っている、私たち五人は座っている、生と死のはざまで……

夜は私たちを包み込み、私たちを優雅に舐めまわす
そして昼の光が私たちの足もとに射して、夜が明けてゆく……

スパイのような一片の昼の光、私は壁のところに舞い戻る
私の両足……そして昼の光は私の片方の手を金色に輝かせる

私がその手をあげると、光の位置はたやすく入れ替わる――
昼の光は私の肩にあって、軽々としている……

危険さえなければ、私たちは大声で笑いたい
昼と夜、その両方が私たちを麻痺させる！

夜と昼の懐の中に私たちは横たわっている……
私たちはカップのなかにいて、一つの重みで二度揺すぶられる！

太陽のまだらな光――それは目覚めさせる
私たちの心の奥深くに、喜びを、そして恐怖を……

ドアのノックの音に私たちは耳を澄ましている

まれに階段を上ってくる足音にも……

私たちは息を呑んで待ち構える——いまか、いまか……
封鎖のことを覚えているかい？　また足音がする——

その足音は何者だ、何者だ、泥棒だ、そいつは銃をぶっぱなす……

そのとき私たちは見つめていた……

お前はとても冷静だった、決然としていて、大胆だった——
ハナ！　私を見つめていたお前のまなざし……！

そのときどれだけ私が慰めと勇気を与えられたか、お前が分かってくれたなら！
来てみなさい。下劣なドイツ人よ、私を射殺しなさい。私を絞め殺しなさい！

お前は叫んだ、さあ来なさい、早く、早くと！
私たちはお前を誇らかに見つめていた……

何という幸いだろう、お前は私たちから何も奪わず、何も取り去らない
あのまなざしのためになら、私たちは命を差し出すのに！

生きていることだけが幸せなのではない、ひとは安らかに死ぬこともできる
悪党が私たちから何を奪ってゆくのか知っているなら
私の人生はこの世のどんなものより悪しきものだ——
それでいて私は——私は、一滴の涙のように純粋で清らかだ

私も、妻も、私の三人の子どもたちも清らかだ——
私たちは心置きなく、穏やかに互いを見つめあった……

覚えているかい？……そしていまでは私の世界は闇だ
私にはすべてであるもの、それが欠けている……

お前たちをあのように目にすることができない……私はいつもそうしていたのに
帰るとドアに頭をねじこんで、お前たちの方を見やっていたのに——

お前たちを目にすること——お前たちが一緒にいてくれたなら——
ベンーツィク、ヨメク……そしてお前、ハナ、お前だ！
外から帰って、ドアのところで頭をひねる、それさえできればお前たちを目にすることができるのに、お前たちの体に触れることができるのに——

一九四二年八月一四日

お前の姿を目にし、お前の顔をたっぷり見つめることができるのに
お前も、さらに子どもたちも、すぐに私は見つめることができるのに――

最後にひと目見ること、最後のまなざしを得ること
魂は銃なんかより遥かにそれに恋焦がれている

必要なところでは、もっと派手に撃て、もっと鋭く撃て
とがった熱いピストルの弾丸よりももっと派手に、もっと鋭く

私のまなざしでお前たちを家から引き摺ってゆけたなら
お前たちを隠すことができたなら、お前たちみんなを覆い隠すことができたなら……

おお、ヘネレ、私の幸い、私のヘネレよ――
一人でいるのは幸いでまたどれほど不幸であることか！

私の息子たちは幼くして、海千山千の経験を積まされた！
さあ、お前たち、叫べ！　ああ、私には聞こえない、お前たちの叫びが聞こえない……

お前たちは私に叫び声を発しはしない……私には見える
お前たちが手とまなざしを神に向かって掲げているのが……

おお、私の方を向いてくれ！　私はお前たちの世話を
もっともっとしていたかった……ああ、お前たちの声が聞けるなら……

お前たちがどこにいるか、私が知っていれば、それさえ知っていれば――
私は歩いて出かけるだろう

パンを腕に抱え、水の入った壜を持って
シャツとわずかのお金をカバンに詰めて――

お前たちはきっと飢えと渇きに苛まれているに違いない――
手を高く天に掲げたりするんじゃない

私の方を向いてくれ……たった一つの叫びでいい、叫んでくれ――
そうすれば、何もかも携えて私はお前たちのところにすぐに行く！

涙をためて、目に喜びの涙をためて
私は手を、優しく手を差し伸べよう……おお、身を屈めておくれ

ヘネレ、お前のその頭を、黒い髪の頭を
私の砕かれた胸にもたせかけておくれ

血を流し、ずきずきと痛む、この傷口のうえにもたせかけておくれ――
私は落ち着いてお前の髪を撫で、髪のあいだに口づけをしよう

どうか悪く思わないでおくれ、赦しておくれ!
お前の耳に私は囁く、愛しているよと……

そんなこと、お前は知っている、ずっと前から知っているね
でも、知っていることを耳にするのはよいことだ……

お前は知っている……でも私はいままで知らなかったのだ
こんなに自分がお前を愛していることを、さらには……

ベン＝ツィクのことも、ヨメクのことも――
おお、手を掲げるな、目をあげるな

私の方を向いておくれ……私は何もできないが――
私は心をこめて愛をこめて、お前たちを見つめよう……

ヘネレ、私に声をかけてくれ、子どもたちよ、叫べ、叫べ――
そうすれば、何もかも携えて私はお前たちのところにすぐに行く

三着の暖かいセーター、三着の古いオーバー
全部お前たちのもの、お前たちだけのものだ……すぐに寒くなるから

それに雨が降っている、空がどんよりしている――
おいで、私の気高い息子たち、おいで、私の気高い妻よ

お前たちはどんな孤独な状態、悲惨な状態にあるのか?
奴らはお前たちを痛めつけ、辱めた

奴らはお前たちを苦しめた、無益に、理由もなく
おお、私の気高い者たちよ、拭うな、拭うな、涙を……

涙は黙したお前たちに降り注いでいる――
汚れのない涙が降り注いでいる――拭うな、拭い去るな、その涙を!

落ちるがままにしておけ……涙を見るのは辛いことだ――
けれど涙を流した者は、涙の分だけ軽くなるのだ

ヘネレ! 私の息子たちよ――打ちのめされ、疲れ果てていても
お前たちは私からそんなに遠く離れていない……お前たちには私の姿が見えないか?

なぜ荒れ果てた草原にお前たちは自分たちだけでいるのか?

一九四二年八月一四日

見ろ、その奥に一軒の小屋がある、低くて小さな小屋だが——

農夫の小屋なら逃げ場にすることができる
くたくたに疲れ果てた私の気高き者たちよ、入ってゆけ

お前たちはそこならすっかり寛げる、お前たちはそこにいられるだろう——

「その農夫はドイツ系(8)で、入らせてくれないの……」

ドイツ系だって!……そいつは避けた方がいい
草原は、ありがたいことに、広い、とても広いのだ!

農夫の小屋は、ご覧、たくさん建っている!
私たちのための逃げ場を見つけることができるだろう……

ドイツ人でさえなければ、農夫は悪くない
農夫は貧しくてもゆたかだ、彼は奴隷であっても自由だ

そういう農夫ならジャガイモを、パンのかけらをくれるだろう
——

「ユダヤ人を助けるのは、農夫にとっては死を意味しているの……」

そうだ……ああ、そうだ、彼は助けてくれないだろう、そうだ、きっと!

悪いことだ、私のヘレネ、悪いことだ、ユダヤ人であることは
……

ユダヤ人であることは悪でもあれば善でもある! そうだ、善でもある
お前たちはいま私に反論してはならない、一語も発してはならない

お前たちは自分の父、頑固者、お前の夫の言うことが分かるはずだ!
この悪のうちには大いなる善が存在している、そうだ善が存在している!

だから、彼らが私たちを家に入れないなら——
私たちは草原のあちこちを彷徨って歩こう

私たちと小さな子どもたち——私たち全員で!
私たちは古めかしい民族の、若い、最新のメンバーだ!
道は開かれていて、空間は自由に広がっている——
おいで、息子たち、ハナ……「私たちは柵のなかに閉じ込められているのよ……」

私には見えない! 柵なんか見えないぞ……おいで! おいで!

ヘネレ、そんな風に黙って私を見つめないでくれ

見ろ、ベン-ツィクルを！　ベン-ツィクを！　あいつは私の
　言うことが分かったんだ……
ヨメクルも私に両手を差し伸べている

ヘネレ、ヘネレ、お前だけは私をじっと見つめ
それでいて私の言葉を理解してくれない……私の言うことを分
　かっておくれ！

そしてできるなら、微笑みを私に贈っておくれ
涙で溢れた悲しみのなかの微笑み

それは口にされたこと、語られたことよりも、いっそう多くを
　伝えてくれる
どうしてお前は泣いている？　私はお前を愛撫した……

不幸のなかで愛撫すること、手で軽やかに愛撫することは
やはり何にも優ることだ！

どうしてお前は泣いている？　お前は泣いていて少しも微笑ま
　ない……おお、おお
お前は私に黙るように求める「もっと私を愛撫して、もっと

私も子どもたちも……あなたは知っているの？

ドイツ人に連れ去られ、ぶたれるのがどういうことか……」

彼女はそれを口にしない……痛みはしかし大きいのだ
その痛みが黙したまなざしから語っている

際限のない痛みと常軌を逸した苦しみ――
息子たちは私を見つめ問いかける、どうして？

ベン-ツィオンが私に問いかけている、ベンヤミン――彼も
　だ！

「どうして？」と、そして彼らは目を高くあげる

彼らは問いかけ、答えを求めている――期待するな！
神だって？――神にとっては大したことじゃない……天は欺く

継母の大地は、知らぬ顔で冷たく見ている
私たちすべてが汚され、辱められているのを……

私たちの塵にも値しないさまざまな民族によって
私たちすべてが理由もなく皆殺しにされるのを

だから私にも――私にも問わないでくれ……私自身にも分から
　ないのだ
どうして私の幼い子どもたちが連れ去られるのか？

一九四二年八月一四日

彼らの母、私の子どもたち、私の気高い妻に
どうしてあれほどの痛みと苦しみが与えられるのか？
私のハナ、私の胸の奥で静かに脈打っているお前
お前は黙しているが、黙しながら多くを、こんなにも多くを語る……

お前の沈黙――それを私は声のようにして聞いた
私はお前の沈黙からあんなに多くを知ったのだ……
私はお前の考えを、語られた場合よりも多く理解した……
真に沈黙している者――それこそが耳を傾け、目を見開いている者だ！

お前は見ていたのだろう、あれが、あの不幸がどのように生じたかを？
ああ、お前はやはり私には黙して語らなかった……
お前の沈黙――それはいつも私を穏やかにしてくれる
よりよき日々が来ることをなおも私に確信させてくれる

お前の沈黙――それは私に命じた、信じなさい、と
お前はやっぱり黙っていた、鳩のような善良さで
私たちに、子どもたちに、かけがえのない三人に、沈黙を向けていた
沈黙によってお前は私たちに教えてくれた、愛すること、自由であることを……

いまお前たちはその苦いグラスを飲み干す――
すると私自ら問うことになるのだ！　どうしてだ？　どうしてだ？
どうしてお前たちが痛めつけられるのだ？　どうして大きな恥辱を加えられるのだ？
私は知っている、お前たちはもうここにいない者たちのなかで最良の者であるのに

お前たちは、多くの者たちと同様にひどい境遇に置かれている
ここにいないお前たちより、こちらの方がましだなんて！
私たちによって暗殺される最悪の男だけは
彼を殺す者たちよりもましな状態に置かれている

英雄的な者がもっと多く、勇敢な者がもっと多いなら――
武器なき大地でドイツ人など何者であるか？
ドイツ人とは何者であるか？　この神の偉大なる大地のうえで
弓も持たず、矢も持たず、剣も持たずに歩まれるこの大地のうえで

もしそいつが武器を持つなら——そいつはたっぷりと罪で膨れ上がり
女と子どもの血で自分の欲望を満たすだけだ……

いちばん簡単な戦争！　もっとも確実な勝利
蜘蛛のいちばん好きな獲物は蠅だ

野蛮人が口にするいちばん甘いものは鳩だ！
おお、殺人と強盗を糧としている者たちよ！

人間の姿をした獣たちよ、呪われよ！
子どもたちを縊り殺し、年寄りを射殺する者たちよ、呪われよ！

彼らはひよこを絞め殺し、老婆からも奪い取る——
最後の日々、最後の日付を付された日々を……

太陽は当分のあいだ消えてしまったのか？　そう言っているのは誰だ？
人間の生を消し去るのはそれ以上のことだ！

人間の生は太陽以上のものだ！
ドイツ人と人殺し——彼らはそれを笑い飛ばす

だからこそ、良心を持ち、口のなかに舌を持っている者は
恐怖に戦きながら叫び声を発するのだ

一人のユダヤ人の子どもに対して百万人のドイツ人の人殺し、神よ！
一軒のユダヤ人の家のために奴らは町全体を破壊した！

私が彼らを蜘蛛のように憎んでいるなら……おお、汚らわしい蜘蛛よ
お前は私たちに、法もなしに、裁きもなしに、有罪を宣告した

私たちすべてを理由もなしに殺戮した
家々を打ち壊し、故郷を破壊した

こんなことはこの世界でかつてなかったことだ
しかも、何のためでもなく、誰のためでもなく……

さあ、言ってくれ、お前たちはどこにいる？　私は知っている
私はお前たちに空しく尋ねているのだ……私の体は凍えるかと思うとかっと熱くなる……

さあ、誰か私にお前たちのいる場所を教えてくれ——
そうすれば私はお前たちのもとへすぐに駆けつけることができるから

一九四二年八月一四日

お前たちへの道——ああ、私の世界は暗闇に覆われている！
その道は柵で囲われ、塞がれている……
さあ、お前たちがどこにいるか言ってくれ、私はそこへ行こう
歩いていけないところでも、ああ、私は息子と一緒に行くつもりだ

私の思想を携えてお前たちのいる場に居合わせよう
涙に濡れた私のまなこをお前たちに向けよう……

おお、お前たちがどこにいるか言ってくれ、そして耳を澄ましておくれ
お前たちへの私の憧れ、愛に満ちた大きな憧れがそっと歩いてゆく足音に——

ハナ、私の胸から顔をあげないでおくれ、消えてゆかないでおくれ……
おお、ハナ、お前たちがどこにいるのか、どこへ行けばお前たちに会えるのか

私がそれを知っているなら
私は打ち砕かれた自分の生を支払うだろう
もう一度お前たちを見るために、ひと目お前たちを見るために
最後にひと目見る、それだけで十分だ……

私たちはときにすべてを一語で言い表すことができる……それはありがたいことだ！
そして、すべてを、いっさいを、ひと目で見て取ることができる

言い終わらない言葉は私たちを燃やし、私たちを焦がす
それはしばしば太陽の光を捉えそこなう、まるで夜明けを押しとどめようとするかのように……

長く見るのは貧しいことだ、ひと目見ることこそ豊かだ
私はただひと目お前たちを見つめたい

私は水差しに満たされた水などもう欲しくない
私には一口で十分だ、一口の水をくれ！

ヘネレ！ 私の息子たち、私の気高い息子たち！
奴らは突然私たちを引き裂いた

言葉を交し合っている最中に、思いを伝え合っている最中に
——
ぶち壊したのは誰だ？ お前か、ハナ？ まさか私か、私がぶち壊したのか？

ベン＝ツィクル——私を抱きしめておくれ！ お前、ヨメク

ル！
かあさんを抱きしめておくれ、かあさんが倒れる、かあさんが
倒れる！

訳注

（1）「ヘネレ」はハナの愛称形。

（2）「ベンヤミンケ」はベンヤミンの愛称形。以下の「ヨム」「ヨメク」「ヨメレ」等もベンヤミンの愛称形。さしずめ日本語で「耕太郎」が「耕太郎ちゃん」「耕ちゃん」「太郎ちゃん」などと愛称される感覚。

（3）「ノヴォリピエ通り」はワルシャワ・ゲットーの中心部を東西に走っていた通り。

（4）ドイツ語「ウムシュラーク・プラッツ」の略称で「積み替え地」の意味。ワルシャワ・ゲットーのユダヤ人たちの多くは馬車で「ウムシュラーク」まで運ばれ、そこで貨物列車に「積み替え」られた。

（5）前後のコンテクストから明らかなように「イエス」のこと。

（6）カツェネルソンとハナのあいだにはツヴィ、ベンーツィオン、ベンヤミンの三人の息子がいた。長男のツヴィはカツェネルソンとともにトレブリンカへの移送をまぬがれた。のちに一月蜂起の開始とともにユダヤ人戦闘組織の判断でアーリア人地区に父子とも移されるが、フランスのヴィッテル収容所での抑留のち、二人ともアウシュヴィッツで虐殺される。

（7）文字どおりには「ウリムとトンミム」。古代イスラエルの大司祭が神託を受けるために用いていた胸あて。

（8）ドイツ語で「フォルクス・ドイチュ」、「民族としてドイツ人」の意味。東欧に入植していた旧ドイツ人はナチ時代にはこう呼ばれて、他の住民と比べて特権を与えられていた。

＊訳者解題

ここに訳出した作品は、イツハク・カツェネルソン（一八八六―一九四四）がワルシャワ・ゲットーで書き上げたおそらく最後の作品。カツェネルソンのゲットー時代のイディッシュ語作品を集成した大冊（英語表記での書誌は以下のとおり――Yitzhak Katzenelson, Yiddish Ghetto Writings Warsaw 1940―1943, Edited from rescued Manuscripts with Introductions and Explanations by Yechiel Szeintuch, Ghetto Fighters' House and Hakibbutz Hameuchad Publishing House, 1984）の最後に収められている長篇詩。原文は基本的に脚韻を踏む形式をとっている。

当時ワルシャワ・ゲットーに家族とともに暮らしていたカツェネルソンは、一九四二年七月二二日にはじまるトレブリンカ絶滅収容所への「移送」のなかで、妻ハナ、次男ベンーツィオン、三男ベンヤミンを一挙に奪われる。タイトルにある「八月一四日」はその三人の移送がなされた日である。トレブリンカへの移送の第一波は同年の九月一〇日まで続き、その間にじつに約三〇万人が殺戮されていった。この作品にはその約一カ月後、一〇月八日から九日という日付が書き込まれているとされる。その二日間でこの大作は集中的に書かれたことになるが、すこし短めのバージョンなど四つの版が存在すると言われ、正確な執筆開始時期などは不明のようだ。しかし、ワルシャワ・ゲットーが壊滅されてゆくそのただなかで書かれたことは確かである。

カツェネルソンのイディッシュ語作品では一五の歌からなる大作『滅ぼされたユダヤの民の歌』がいちばん知られており、それは私と飛鳥井雅友の訳でみすず書房からすでに刊行されているが、『滅ぼされたユダヤの民の歌』はカツェネルソンがワルシャワ・ゲットーを離れたのち、フランスのヴィッテル収容所で書かれた。それに対して、これはゲットーのただなかで書かれ、しかも一九四三年一月の最初の蜂起の前夜、ユダヤ人戦闘組織のメンバーの前でカツェネルソン自身が朗読したとも伝えられている作品である。イディッシュ語は東ヨーロッパのユダヤ人の多くが日常語としていた言葉であり、若いころはヘブライ語の詩や戯曲も多く書いたカツェネルソンだが、ワルシャワ・ゲットーでは彼の主要な作品はイディッシュ語で書かれている。

今後私は、カツェネルソンの若い友人であり、ユダヤ人戦闘組織の中心にいたイツハク・ツケルマン（一九一四―一九八一）とカツェネルソンを軸に、ワルシャワ・ゲットーにおけるイディッシュ語での文化活動に焦点を置いた研究を継続したいと考えており、そのとっかかりとしてもこの作品のイディッシュ語からの訳出を試みた。

編集後記

俳人の森澄雄氏は昭和二十一年四月、北ボルネオのゼッセルトンから広島県大竹に復員。亡父と同じコースだった。ゼッセルトンという地名は現地ではアピ、火を意味する。何という偶然、青年が炎と化して疾走、ボルネオの草原で発見された。駆けつけたのは、今なおアピの森をさまよう亡父、青年の祖父、救出は神聖な劇、歌との出遭いに思えてならない。

（季村敏夫）

和歌山橋本の山中に巨石の露出した場所がある。その巨石の一つにこぶし大の穴が開いていて、そこから妙なる音が聞こえるというので行ってみた。耳をつけると地の底からなにやらつぶやくような音が聞こえてくる。よくよく耳をこらしていると、どうも、自分がしかられているように聞こえる。あれは誰の声だったのか。聞きおぼえのあるような、ないような。闇浮からの響きだった。

（瀧克則）

薄曇りの墨堤をそぞろ歩く。満開の桜は人妻の餅肌を思わせて妖しい。品川の女でも誘うんだったな。向島の三囲神社へ。宝井其角の句碑に詣でてから言問橋を渡る。観音裏で赤貝を肴に一杯、また一杯。酔うほどに大川を揺られている心地である。やがて吉原と思しき方からは、すががきの音《ね》まで聞こえて来る始末。この分じゃ、仲之町の桜もさぞかし見頃なことだろう。ねえ、其角さん。

（間村俊一）

加藤郁乎　一九二九年生まれ。評論集『坐職の読むや』『江戸俳諧歳時記』（上・下）句集『實』ほか。
岡井隆　一九二八年生まれ。歌集『家常茶飯』『岡井隆と初期未来　若き歌人たちの肖像』ほか。
中江俊夫　一九三三年生まれ。詩集『田舎詩篇』『語彙集』『無作法者』ほか。
相澤啓三　一九二九年生まれ。詩集『マンゴー幻想』ほか。
高橋睦郎　一九三七年生まれ。詩集『語らざる者をして語らしめよ』歌集『虚音集』ほか。
佐々木幹郎　一九四七年生まれ。詩集『悲歌が生まれるまで』評論集『雨過ぎて雲破れるところ』ほか。
建畠晢　一九四七年生まれ。詩集『零度の犬』『ダブリンの緑』ほか。
水原紫苑　一九五九年生まれ。歌集『世阿弥の墓』『あかるたへ』ほか。
小澤實　一九五六年生まれ。句集『瞬間』評論集『俳句のはじまる場所』ほか。
時里二郎　一九五二年生まれ。詩集『翅の伝記』ほか。
鬼海弘雄　一九四五年生まれ。写真集『PERSONA』『東京夢譚』ほか。
安水稔和　一九三一年生まれ。詩集『蟹場まで』『内海信之―花と反戦の詩人』ほか。
管啓次郎　一九五八年生まれ。『ホノルル、ブラジル―熱帯作文集』ほか。
岩成達也　一九三三年生まれ。詩集『（ひかり）……擦過』ほか。
藤原安紀子　一九七四年生まれ。詩集『音づれる聲』『フォトン』ほか。
高谷和幸　一九五二年生まれ。詩集『回転子』ほか。
渡辺めぐみ　一九六五年生まれ。詩集『光の果て』ほか。
河津聖恵　一九六一年生まれ。詩集『アリア、この夜の裸体のために』ほか。
扉野良人　一九七一年生まれ。僧侶。『ボマルツォのどんぐり』。
立松和平　一九四七年生まれ。『道元禅師』（上・下）『二荒』ほか。
穂村弘　一九六二年生まれ。歌集『手紙魔まみ、夏の引越し（ウサギ連れ）』評論集『短歌の友人』ほか。
島田幸典　一九七二年生まれ。歌集『no news』。
松岡達宣　一九四八年生まれ。歌集『青空―My Blue Heaven』。
港千尋　一九六〇年生まれ。写真集『文字の母たち』評論集『影絵の戦い―9・11以降のイメージ空間』ほか。
藤原龍一郎　一九五二年生まれ。歌集『楽園』『藤原龍一郎集』ほか。
間村俊一　一九五四年生まれ。画集『ジョバンニ』句集『鶴の鬱』。
瀧克則　一九四八年生まれ。詩集『足の冷える場所』ほか。
季村敏夫　一九四八年生まれ。詩集『木端微塵』ほか。
笠原芳光　一九二七年生まれ。『日本人のイエス観』ほか。
細見和之　一九六二年生まれ。『アドルノ』詩集『ホッチキス』ほか。

たまや　第四号
二〇〇八年五月十二日　発行
編集人　季村敏夫・瀧克則
発行人　間村俊一
発行所　有限会社山猫軒
東京都新宿区神楽坂三丁目六番地二八
土屋ビル二F
郵便番号一六二―〇八二五
電話〇三―五二二五―七一八〇
ファクス〇三―五二二五―七一八一
発売所　株式会社インスクリプト
東京都千代田区神田神保町一―一八―一―二〇一
郵便番号一〇一―〇〇五一
電話〇三―五二一七―四六八六
ファクス〇三―五二一七―四七一五
本文印刷　内外文字印刷株式会社
表紙・口絵印刷　有限会社松本精喜堂印刷
製本　有限会社蔦川紙工所